हिन्द पॉकेट बुक्स

उन्नति के रहस्य

स्वेट मार्डेन प्रख्यात अमेरिकी लेखक थे। इन्होंने जीवन में सफलता प्राप्त कैसे करें इस बारे में कई किताबें लिखी हैं। इनका जन्म 11 जून 1848, को न्यू हैम्पशायर, संयुक्त राज्य अमेरिका में हुआ और मृत्यु 10 मार्च 1924, को लॉस एंजिल्स, कैलीफोर्निया में हुई। इनकी पुस्तकें सारी दुनिया में बेहद लोकप्रिय हैं।

स्वेट मार्डेन

उन्नति के रहस्य

अनुवादक

कृष्ण विकल

हिन्द पॉकेट बुक्स
पेंगुइन रैंडम हाउस इम्प्रिंट

हिन्द पॉकेट बुक्स

यूएसए। कनाडा। यूके। आयरलैंड। ऑस्ट्रेलिया। सिंगापुर
न्यू ज़ीलैंड। भारत। दक्षिण अफ्रीका। चीन

हिन्द पॉकेट बुक्स, पेंगुइन रैंडम हाउस ग्रुप ऑफ़ कम्पनीज़ का हिस्सा है,
जिसका पता global.penguinrandomhouse.com पर मिलेगा

पेंगुइन रैंडम हाउस इंडिया प्रा. लि.,
चौथी मंजिल, कैपिटल टावर -1, एम जी रोड,
गुड़गांव 122 002, हरियाणा, भारत

पेंगुइन
रैंडम हाउस
इंडिया

प्रथम संस्करण हिन्द पॉकेट बुक्स द्वारा 1980 में प्रकाशित
यह संस्करण हिन्द पॉकेट बुक्स में पेंगुइन रैंडम हाउस द्वारा 2022 में प्रकाशित

10 9 8 7 6 5 4 3 2

ISBN 9789353494025

मुद्रकः रेप्रो इंडिया लिमिटेड

www.penguin.co.in

क्रम

श्रम

"तुम स्कूल क्यों नहीं जाना चाहते?" ग्रे महोदय ने आश्चर्य से पूछा। उनके बेटे की उम्र पन्द्रह वर्ष हो गई थी और वह स्कूल छोड़ना चाहता था।

"मैं पढ़ाई से उकता गया हूं पिताजी! और फिर पढ़ने में लाभ भी तो कोई नहीं है।" चार्ल्स ने उत्तर दिया।

"क्या तुम्हारा ख्याल है कि तुम बहुत कुछ जानते हो?" पिता ने पूछा।

"हां, मैं उतना तो अवश्य जान जानता हूं जितना जार्ज। उसे स्कूल छोड़ तीन महीने हो गए हैं। उसके पिता के पास काफ़ी सम्पत्ति है, इसलिए उसे पढ़ने-लिखने की ज़रूरत नहीं है।"

"तो फिर ठीक है, पिता ने कहा, "कल से तुम्हारा स्कूल जाना बन्द!"

चाल्स प्रसन्न हो गया। पिता ने आगे कहा, "लेकिन एक बात अच्छी तरह समझ लो। यदि तुम स्कूल नहीं जाते तो तुम्हें काम पर जाना पड़ेगा। मैं तुम्हें घर पर निकम्मा न बैठने दूंगा।"

दूसरे दिन प्रातः पिता अपने पुत्र के साथ नगर की जेल में गया, जहां ग्रे महोदय का पुराना सहपाठी बन्द था। ज्यों ही दो पुराने मित्र आमने-सामने हुए, ग्रे महोदय ने कहा, "तुमसे मिलकर खुशी हुई दोस्त! लेकिन तुम्हें यहां इस रूप में देखकर मुझे बहुत दुःख हो रहा है।"

"मुझे स्वयं भी बड़ी यातना होती है, लेकिन क्या कसं?" कहते हुए बंदी ने लड़के की ओर देखा, "मेरा ख्याल है, यह तुम्हारा बेटा है?"

"हां, यह मेरा सबसे बड़ा पुत्र है चार्ल्स। कभी हम दोनों भी इसी की उम्र के थे, अब इकड़े स्कूल जाया करते थे। क्या तुम उन दिनों की बातें भूल गए हो?"

"भूला तो नहीं मित्र, पर मैं चाहता हूं कि भूल जाऊं।" कैदी थोड़ी देर मौन हो गया। फिर बोला, "कभी-कभी सोचता हूं कि यह एक सपना है; और शीघ्र ही मेरा सपना टूट जाएगा और मैं यथार्थ की दुनिया में आ जाऊंगा।"

"और तुम कमज़ोर भी बहुत हो गए हो!" ग्रे महोदय ने कहा, "पिछली बार जब मैंने तुम्हें देखा था तो तुम्हारी सेहत मुझसे अच्छी थी। इस बीच तुम्हारा स्वास्थ्य इतना कैसे गिर गया?"

"दो शब्दों में मैं तुम्हारी शंका दूर कर देता हूं।" कैदी ने कहा, "मेरे सत्यानाश का कारण है मेरा निकम्मापन और बुरी संगति। मेरा मन पढ़ाई में नहीं लगता था। मैं सोचता था, धनी मां-बाप के बेटे को पढ़ने-लिखने की ज़रूरत नहीं। मेरे पिता मेरे लिए अपने पीछे अच्छी खासी दौलत छोड़ गए थे, जिसका एक भी रुपया मैंने खुद नहीं कमाया था। इसलिए मैं उस सम्पत्ति का मूल्य नहीं जानता था। उस दौलत को इकट्ठा करने में कितना परिश्रम करना पड़ा है, मुझे इसका लेशमात्र भी अनुमान न था। इस तरह मेरी सारी सम्पत्ति खुलासे हो गई, और एक दिन मेरे घर में कानी कौड़ी भी न रही। खाली करते-करते कुआं भी रीता हो जाता है। रुपया कमाना तो मैं जानता था ही नहीं, बैठे-बैठे सारा धन खा गया। अब क्या था, ईमानदारी से कमाना तो मुझे आता न था। पैसा मुझे चाहिए था, तो मैंने बिना श्रम किए पैसा कमाने का यत्न किया और उसका परिणाम सामने है।"

इसके पश्चात्, बंदी अपने जेल-जीवन की दिनचर्या के बारे में बताने लगा। ग्रे महोदय ने जेलर से पूछा, "आप बंदियों को दस्तकारी सिखाते हैं; कृपया बताइए कि अब तक प्रशिक्षण प्राप्त करने में कितने सफल हुए हैं?"

"दस में से एक भी नहीं!" जेलर का उत्तर था।

पिता-पुत्र जेल से लौटे। पिता बोले, "जब मैं तुमसे यह कहता था कि तुम्हें दूसरे लड़कों की तरह पढ़ना-लिखना चाहिए तो मेरी बात तुम्हारी समझ में आतीं न थी। अब जेल में तुमने जो कुछ देखा है, उससे तुम्हें समझ लेना चाहिए कि निठल्लेपन का क्या दुष्परिणाम होता है। दुनिया मुझे धनी व्यक्ति कहती है, और मैं वैसा हूं भी। मैं तुम्हारे लिए वे सभी अवसर प्रदान कर सकता हूं, जिससे तुम बुद्धिमान और

होनहार बनो, लेकिन मुझमें इतनी सामर्थ्य नहीं है कि तुम बिना काम धाम किए ज़िन्दगी काट सको। जिस पिता का कोई भी पुत्र निकम्मा निकलता है, उसकी परेशानी ईश्वर ही जानता है।"

चार्ल्स ने एक मिनट के लिए सोचा। वह काफी प्रभावित हुआ और बोला, "पिताजी, मैं सोमवार से स्कूल जाऊंगा।"

ऐसा ही एक प्रसंग जॉन जैम्स ऐडम्स का है। जॉन ऐडम्स जब छोटे थे तो लेटिन ग्रामर से बहुत घबराते थे। एक दिन उन्होंने कहा, "मुझसे ग्रामर याद नहीं होती। मैं इसे नहीं पढ़ूंगा।"

उसके पिता ने कहा, "कोई बात नहीं जॉन! तुम ग्रामर पढ़ना छोड़ दो, और उसकी बजाय खेतों में काम करो-खेतों की नालियों को खोदो, ताकि सिंचाई सारे खेतों में हो सके।"

अब जॉन दुविधा में फंस गया। लेटिन ग्रामर न पढ़ने की इच्छा उसने जितनी आसानी से प्रकट कर दी थी, खेतों में काम करने की बात को वह उतनी आसानी से टाल नहीं सका। उसने पिता की आज्ञा का पालन किया, और पूरे दिन खेतों में काम करता रहा। किन्तु उसे खुदाई का यह काम इतना कठिने लगा कि रात को उसने अपने पिताजी से प्रार्थना की कि कल से वह लेटिन ग्रामर पढ़ने जाएगा।

इस घटना का बालक के मन पर बहुत असर हुआ और वह बड़े मनोयोग से पढ़ने लिखने लगा, और वह बहुत बड़ा विद्वान हो गया। यही व्यक्ति आगे चलकर अमरीकी क्रान्ति का एक प्रमुख स्तंभ सिद्ध हुआ, जोकि वाशिंगटन के बाद संयुक्त राज्य अमरीका का राष्ट्रपति बना।

•

एक धनी व्यक्ति ने जो पढ़ा-लिखा न था और अपनी इस कमी को बहुत महसूस किया करता था, सोचा-'मेरे जीवन का तो जो कुछ हुआ, सो हुआ; लेकिन मैं अपने बच्चों को इतनी शिक्षा दूंगा कि वे अपना जीवन सुख से काट सकें।' इस विचार से उसने अपना सुख और आराम बच्चों की भलाई के लिए त्याग दिया। और उसके बच्चों का क्या हुआ, उसीकी जबानी सुनिए: "मैंने उनके प्रशिक्षण में अंधाधुंध खर्च किया। उन्हें यह महसूस नहीं होने दिया कि पैसों का अभाव क्या वस्तु है। मैंने ऐसी व्यवस्था की कि बच्चों पर कोई उंगली न उठाए। उन्हें कोई बुरा शब्द न कहे; परन्तु उस सबका क्या परिणाम निकला?-बड़ा बेटा डॉक्टर है, पर

उसके पास कोई मरीज़ नहीं आता। मंझला बेटा वकील है, पर उसके पास एक भी मुद्दई नहीं आता। छोटा बेटा दुकानदार है, पर उसकी तिजोरी सदा खाली रहती है। मेरी सारी मेहनत बेकार गई। मैंने उन्हें परिश्रमी तथा मितव्ययी बनाने का यत्न किया, पर फल क्या निकला? आप जानते हैं! वे मुझसे क्या कहते हैं, 'पिताजी, पैसा कमाने से क्या होता है? हमें उसकी कोई कमी नहीं है। आपने जो हमारे लिए इतना धन-संचय कर रखा है, क्या वह कम है?"

•

'यूथ्स कम्पेनियन' नामक पत्रिका में साइरस डब्ल्यू फ़ील्ड का प्रसंग आया है। बालक फ़ील्ड को उसके पिता ने आठ लाख डॉलर देकर काम करने के लिए न्यूयार्क भेजा। न्यूयॉर्क में उसका भाई एक प्रतिष्ठित व्यक्ति था। फ़ील्ड उसके यहां पहुंचा। बड़े भाई को उसका आना अच्छा नहीं लगा। उसने कहा, "जिस व्यक्ति को अपना घर छोड़ते समय दर्द नहीं हुआ, वह मेरी सहानुभूति पाने योग्य नहीं है।"

साइरस फील्ड ने स्टीवर्ट की फ़र्म में नौकरी कर ली। उसका वेतन 50 डॉलर पहले वर्ष का निश्चित हुआ। वह सुबह छः-सात बजे काम पर आ जाता और जब उसे क्लर्क बना दिया गया, तब वह पौने आठ बजे प्रातः से लेकर सूर्यास्त होने तक काम करता।

फ़ील्ड महोदय ने अपनी आत्मकथा में लिखा है : "मैंने दृढ़ संकल्प कर लिया था कि मैं दुकान पर अपने साथियों से पहले आऊंगा और तब तक रहूंगा, जब तक सब चले न जाएं। मेरी अभिलाषा थी मैं कि एक अच्छा व्यापारी बनू और अपने पेशे की बारीकियों से अच्छी तरह परिचित होऊ। मैंने संस्था के सभी विभागों में बैठकर काम सीखने का यत्न किया, क्योंकि मैं इस व्यवसाय में आत्मनिर्भर होना चाहता था।"

किशोर साइरस फ़ील्ड वाणिज्य लाइब्रेरी में जाया करता। वहां व्यवसाय-पत्रिकाओं एवं पुस्तकों का अध्ययन करता और हर शनिवार रात को वाद-विवाद सभा में भाग लेता। संस्था के मालिक स्टीवर्ट महोदय के क़ानून-क़ायदे भी बड़े सख़्त थे। उसने कर्मचारियों की उपस्थिति की जांच के लिए एक क्लर्क की व्यवस्था कर रखी थी। हर कर्मचारी के उपस्थिति के कार्ड बने हुए थे। सवेरे आने, दोपहर को खाना खाने जाने और शाम को छुट्टी से घर जाने के समय भरे जाते थे। यदि कोई कर्मचारी

प्रातः कुछ मिनट लेट आता या दोपहर के समय खाना खाने में एक घंटे से कुछ देर लगा देता तो उसे 25 सेण्ट दंड देना पड़ता। साइरस फ़ील्ड नियम का इतना पक्का था कि वह छोटी-छोटी बातों का इतना ख़याल रखता था और इतना ईमानदार था कि उसने अपने मालिकों का विश्वास प्राप्त कर लिया। ऐसे नवयुवक को तरक्की मिलना लाजिमी था, और हुआ भी यही। उसे देर तक प्रतीक्षा नहीं करनी पड़ी। और वह एक सफ़ल व्यापारी बन गया।

•

अब स्टीवर्ट की सुनिए। वह जब किशोर था, उस अवस्था में ही स्वयं भी वह मनोयोग से अपने व्यवसाय में जुट गया। सुबह होते ही काम पर जुट जाता और रात में देर तक काम करता रहता। इस तरह उसको व्यवसाय बढ़ता गया। और एक समय वह इस स्थिति में आ पहुंचा कि उसे देखकर ऐसा लगता था, जैसे सारा काम अपने-आप चल रहा हो। इसपर भी स्टीवर्ट काम-धंधे की छोटी-मोटी बातों पर नज़र रखता था। और इस तरह वह व्यक्ति मरते दम तक उस संस्था के प्रत्येक विभाग में सुधार करने में यत्नशील रहा।

किन्तु स्टीवर्ट के उत्तराधिकारियों का हाल सुनिए। उनके पास अपने पिता के अनुभव थे। साथ में उसकी अपार शक्ति भी थी। स्टीवर्ट ने जब काम शुरू किया था, तब उसके पास न अनुभव था, न सम्पत्ति। उसके बेटों के पास दोनों चीजें थीं, पर वे विफल रहे। बेटों की सुस्ती और अविवेक को क्या परिणाम हुआ? सारा व्यापार चौपट हो गया और उनकी संस्था को जॉनवानमेकर ने खरीद लिया। यह वह व्यक्ति था, जो फ़िलिडिफिया में चार मील पैदल चलकर काम पर जाया करता था और जो एक किताबों की दुकान पर सवा डॉलर प्रति सप्ताह में काम करता था। उसका यह प्रयास था कि मालिक उसको जितना वेतन देते हैं, वह कम से कम दस गुना लाभ पहुंचाए, और एक दिन वह सफल व्यक्ति बना।

सचाई यह है कि स्टीवर्ट और जॉनवानमेकर जैसे अध्यवसायी और सतत परिश्रमी व्यक्ति की इस तरह की सफलताएं प्राप्त करने के अधिकारी हैं। और इसी प्रकार के व्यक्ति ही सिद्धि प्राप्त कर लेने के बाद भी प्रमोद में नहीं आते, और सफलतापूर्वक अपने निश्चित कार्य का निर्वाह करते

हैं। ईमानदारी से काम कीजिए और इससे आप भी निस्संदेह स्थायी और टिकाऊ समृद्धि प्राप्त कर सकेंगे।

•

महान वैज्ञानिक लियोनार्दो द विन्ची एक उत्साही, हंसमुख और परिश्रमी व्यक्ति थे। वे सूर्य उगते ही काम पर जुट जाते थे। और जब तक अंधेरा घिर न आता, वें काम करते रहते थे। उन्हें खाने-पीने तक की सुध न रहती थी। मिलेस नामक महान चित्रकार सब ओर से बेखबर होकर चित्रकला के काम में डूबे रहते थे। कभी-कभी वे कहते : "मैं एक किसान से ज्यादा मेहनत करता हूं। नवयुवकों को मेरी सलाह है, काम करो, काम। यह ठीक है कि तुम सभी प्रतिभाशाली नहीं हो सकते, लेकिन तुम सब काम तो कर सकते हो; और बिना काम के बड़े से बड़ा प्रतिभाशील व्यक्ति भी नकारा हो जाता है। मैं किसी व्यक्ति को कलाकार बनने की सलाह नहीं देता। यदि किसी नवयुवक में कलाकार बनने की प्रतिभा विद्यमान है तो उसे किसी की सिफ़ारिश की आवश्यकता नहीं है। वह स्वयं ही वैसा वन जाएगा। बीसियों व्यक्ति अपने बच्चों को लेकर मेरे पास आते हैं और उन्हें शिल्पकार बनाने के बारे में मेरी राय पूछते हैं। मेरा सदा यही उत्तर होता है, बिलकुल नहीं। बच्चे के अंदर जो गण अविकसित रूप में विद्यमान हैं, उनकी तलाश कीजिए। बच्चे की प्रवृत्तियों का गहराई से अध्ययन कीजिए। जिधर उसका रुझान हो, उस क्षेत्र में उसे जाने का अवसर प्रदान कीजिए। यही ठीक तरीका है।"

टर्नर महोदय अपने सामने एक आदर्श वाक्य रखा करते थे और वह वाक्य था : "प्रतिदिन कोई न कोई एक काम अवश्य पूरा कीजिए।" और वे इस वाक्य को अपने जीवन में चरितार्थ करते थे और निरन्तर अपने काम में जुटे रहते। उन्हें इसमें वास्तविक आनंद मिलता था और वे इसमें लीन रहते थे।

पीटर महान का किस्सा आपने सुना है? वह एक राज्य के उत्तराधिकारी थे, किन्तु उन्हें घमण्ड छू तक नहीं गया था, और वे सतत परिश्रम करके गद्दी पर बैठे थे। जब वे राजकुमार थे तो उन्होंने शाही कपड़ों और आभूषणों को उतार दिया और एक साधारण कामगर की तरह कपड़े पहन लिए। उन्होंने दृढ़ निश्चय किया कि वे सच्ची शिक्षा प्राप्त करके अपने देश (रूस) की सेवा करेंगे। 26 वर्ष की आयु में ज़बकि अधिकतर राजकुमार

प्रेम-प्रेम के चक्कर में पड़ जाते हैं, उन्होंने कठोर श्रम करने का बीड़ा उठाया। उन्होंने हॉलैण्ड की जहाज़ बनाने वाली एक कम्पनी में 'एप्रेण्टिस' के रूप में काम किया। इसके बाद उन्होंने इंग्लैण्ड की एक पेपर मिल और एक आरा मिल आदि अनेक फैक्टरियों में काम किया। उन्होंने न केवल काम किया, बल्कि एक साधारण मज़दूर की तरह काम किया और उसी के अनुरूप मज़दूरी स्वीकार की।

इस्तियों में पीटर महान ने एक महीना एक लोहार के लोहे के बाट बनाने वाली फाउण्डरी में बाट बनाने में लगाया। आखिरी दिन उन्होंने 18 बाट तैयार किए और उस पर अपना निशान अंकित किया। राजकुमार के साथ जो अनुचर आए थे, उनकी श्रम में कोई आस्था न थी, किन्तु उन्हें राजकुमार के साथ अधजले कोयलों को फेंकना पड़ता था। लोहे की फाउण्डरी के मालिक ने परिश्रम के रूप में उन्हें 18 मोहरें दीं तो पीटर ने कहा, "अपनी मोहरें वापस लीजिए। मैं उतनी ही मज़दूरी लूगा, जितनी कि आप एक ढलाई मज़दूर को दिया करते हैं। मेरे पांव में जूते नहीं हैं। और मैं उन्हें खरीदना चाहता हूं। मुझे तीन कोपेक प्रति बाट की मज़दूरी प्रदान कीजिए।" फाउण्डरी के मालिक ने वैसा ही किया। राजकुमार ने जूते ख़रीदे और उसे पहनते हुए कहा, "ये जूते मैंने अपने खून और पसीने से ख़रीदे हैं।" ऐसी कर्म में निष्ठा थी रूस के राजा पीटर महान की। आज भी रूस के संग्रहालयों में रखे पीटर महान के लोहे के बाट कर्मशील राजा की स्मृति को ताजा करते हैं।

यदि आप समझते हैं कि आप एक प्रतिभापुंज हैं और जीवन में सफलताएं आपको स्वतः प्राप्त होंगी तो आप अभागे हैं। आपका भला इसी में है कि आप जितनी जल्दी हो सके, इस ग़लतफ़हमी को निकाल फेंकिए। अपने मन में यह बात अच्छी तरह बिठा लीजिए कि आपको सफलता प्राप्त कराने में श्रम का बड़ा योग होगा। जो प्रतिभाएं निष्क्रिय रहती हैं, वे वृक्षों से भरे घने जंगल में पौधों की बालियों के समान हैं। बीचर के अनुसार, "प्रतिभा को पनपने के लिए श्रम की आवश्यकता होती है और श्रम को पनपने के लिए प्रतिभा की।"

इस दुनिया में मानव ने केला, कविता और शिल्प में जितनी प्रगति की है, इन सबका जनक है श्रम।

गोल्ड स्मिथ ने श्रम के महत्त्व को इस प्रकार प्रकट किया है: "जो

व्यक्ति लगातार लिखता है, उसमें चिन्तन की महानता और चित्रण में सूक्ष्मता आ जाती है। उसके मुकाबले में कभी-कभार बैठकर लिखने वाला दसगुनी प्रतिभा का व्यक्ति भी उसकी तुलना में ओछा पड़ेगा। अमर कृतियों में श्रम का कितना महान योगदान है, यह तथ्य ध्यान देने योग्य है। 'डेक्लेरेशन ऑफ इंडिपेंडेंस' और 'साम्स ऑफ लाइफ' (लांगफेलो) आदि कृतियों को अंतिम रूप मिलने तक बहुत बड़ा श्रम हुआ था। कहा जाता है कि ब्रियाण्ट ने 'थानारापसिस' नामक अपनी कृति को सोकर लिखा था और इस पर भी वह उसके अंतिम रूप पर असंतुष्ट रहे थे।

अब प्लेटो की सुनिए। उसने अपनी विख्यात पुस्तक 'रिपब्लिक' का पहला वाक्य नौ तरह से लिखा था, तब कहीं जाकर उस वाक्य को अंतिम रूप दे सके थे। अंग्रेजी कवि पोप एक छंद को लिखने में पूरा दिन लगा देते थे। चार्लोट ब्रोंटे कई बार एक-एक शब्द पर कई-कई घण्टे रुक जाते थे। ग्रे महोदय को अपनी छोटी-सी रचना तैयार करने पर एक महीना लग जाता था। गिबन महाशय ने 'डिक्लाइन एण्ड फाल' का पहला अध्याय तीन बार लिखा था। तब जाकर कहीं अंतिम रूप दे पाए थे। आप जानते हैं, वह पुस्तक कब पूरी हुई थी? उस काम में कोई 25 वर्ष लगे थे। एन्थनी का कथन है: "किसी कार्य के लिए मूड की प्रतीक्षा करना बेईमानी है। श्रम का जीवन में महत्त्वपूर्ण स्थान है।"

अलेग्जेंडर हैमिल्टन ने अपनी सफलता का रहस्य बताते हुए कहा है। "कभी-कभी लोग समझते हैं कि मेरी सफलता का रहस्य है मेरी प्रतिभा; किन्तु मैं जानता हूं कि मेरी जो प्रतिभा है, वह सब मेरे परिश्रम में निहित है।"

डेनियल वेब्स्टर ने अपने 70 वें जन्मदिवस पर अपनी सफलता का रहस्य बताते हुए कहा : "मैं जो कुछ भी हूँ, श्रम से निर्मित हूं। अपने जीवन में निठल्ला रहकर मैंने एक दिन भी रोटी का ग्रास नहीं तोड़ा।"

इन्हीं सब कारणों से श्रम को सफलता का संदेशवाहक कहा गया है।

ईमानदारी

"उसे अपनी जगह वापस रखो!" प्रेसीडेंट जॉन किंवसी ऐडम्स चिल्लाए, जब उनके पुत्र ने डेस्क के एक खाने में से छपा लेटरहैड निकाला। वे बोले, "यह सरकारी कागज़ात है। डेस्क के दूसरे खाने में मेरी व्यक्तिगत स्टेशनरी रखी है। निजी कामों में सदा उसका प्रयोग करता हूं।"

श्री ऐडम्स वैसे भी नियम के पक्के थे। वे नियमितता, सच्चाई और समय-पालन का बड़ा ध्यान रखते थे। जब वे प्रतिनिधि सभा के सदस्य थे, तो उनके कमरे में प्रवेश करते ही पूरे माहौल में एक गति आ जाती थी। उन्होंने जिनको समय दे रखा होता था, उन्हें निर्धारित समय पर मिलते थे। साथ ही वे दूसरों का एक मिनट भी नहीं लेते थे।

•

"जाओ बेटे, ईश्वर तुम्हारी रक्षा करेगा!" अब्दुल क़ादर को चालीस चांदी के सिक्के देते हुए उनकी मां ने आशीर्वाद देते हुए हिदायत दी, "मुझसे वायदा करो कि तुम कभी झूठ नहीं बोलोगे।" बेटे ने वैसी ही प्रतिज्ञा की और अपने भाग्य की तलाश में अनजाने पथ पर घर से निकल पड़ा। कुछ दिन तक वह एक यात्री दल के साथ निर्जन वन में नगर की ओर जाने वाले मार्ग पर चलता रहा। एक दिन उसके दल पर डाकुओं ने आक्रमण कर दिया।

"तुम्हारे पास कितना धन है?" डाकू ने उससे पूछा।

"मेरे चोगे में चालीस दीनार सिले हैं।" अब्दुल क़ादर ने कहा। यह सुनकर डाकू अविश्वास में भरकर हंस दिया।

"सच-सच बताओ, तुम्हारे पास दरअसल कितनी रक़म है?" दूसरे डाकू ने कठोरता से प्रश्न किया। नवयुवक क़ादर ने वही उत्तर दिया; किन्तु

किसी ने भी उसके कथन पर कोई ध्यान नहीं दिया। वस्तुतः स्पष्टवादिता के कारण उस पर किसी को विश्वास ही न आया था।

"इधर आओ छोकरे !" डाकुओं के सरदार ने जब उसे अपने दल के एक साथी से कुछ बात करते हुए पाया तो अपने पास बुलाकर पूछा, "तुम्हारे पास कितनी दौलत है?"

"इसके चोगे को उधेड़कर देखो।" डाकुओं के सरदार ने हुक्म दिया। देखते ही देखते डाकुओं ने जेब उधेड़ दी और चांदी के सिक्के उधड़ी जेब से टनटनाते हुए धरती पर गिर पड़े।

इस पर सरदार ने अचरज से भरकर पूछा, "तुमने सच-सच कैसे कह दिया?"

"इसका एक कारण है। घर से आती बार मां ने मुझसे वचन लिया था कि मैं कभी झूठ नहीं बोलेंगा; और मैं मां के प्रति झूठा नहीं होना चाहता था।"

सरदार बड़ा प्रभावित हुआ, उसने कहा, "बालक, तुम इतनी छोटी उम्र में भी मां के प्रति अपने कर्तव्य में इतने सच्चे हो! और एक मैं हूं, जो अपनी प्रौढ़ावस्था में भी ईश्वर के प्रति अपने कर्त्तव्य से भटका हुआ हूं। आओ, तुम मेरा हाथ थामो और मेरा मार्गदर्शन करो, ताकि मैं अपने पापों का प्रायश्चित कर सकें।" यह कहकर सरदार ने अब्दुल क़ादर का हाथ थाम लिया। यह देखकर दल के अन्य डाकू भी अत्यन्त प्रभावित हुए।

"आप पाप-कर्म में मेरे नेता हैं सरदार!" दल के एक वरिष्ठ साथी ने क़हा, "तो अब पुण्य-कार्य में भी हमारा मार्गदर्शन कीजिए।" उसने भी अपने सरदार का अनुकरण करते हुए अब्दुल क़ादर का हाथ थाम लिया।

यह देखते ही एक-एक करके सभी डाकुओं ने अब्दुल क़ादर के सम्मुख आत्मसमर्पण कर दिया।

•

ईमानदारी और सच्चाई का प्रभाव आसपास के लोगों पर पड़े बिना नहीं रहता। बच्चों की ईमानदारी व सच्चाई का असर भी यथेष्ट रूप से पड़ता है। हो सकता है कि ईमानदारी का प्रभाव उपर्युक्त अरब लोककथा. में वर्णित प्रभाव जितना न पड़े, किन्तु इस पर भी इसके महत्त्व को कम करके नहीं आंका जा सकता।

मिरा ब्यू का कथन है : “यदि ईमानदारी का अस्तित्व न हो तो हमें चाहिए कि हम अपने जीवन को सम्पन्न बनाने के लिए इसका आविष्कार कर लें।”

•

गांव के प्राथमिक विद्यालय में एक अध्यापिका महोदया एक बार अपनी कक्षा में बच्चों से शब्दों के हिज्जे पूछ रही थीं। जब will (इच्छा) शब्द के हिज्जे पूरी कक्षा में किसी को न आए, तो एक छोटी लड़की से पूछा गया। उस लड़की ने हिज्जे बताए। अध्यापिका ने कहा, “इस लड़की के हिज्जे ठीक हैं।” यह कहकर उन्होंने शब्द के हिज्जे ब्लैक बोर्ड पर लिख दिए। Will अर्थात् इच्छा।

दरअसल उस लड़की के हिज्जे ग़लत थे, उसने ‘आई’ की जगह ‘ई’ (Well) कहा था और अध्यापिका ने समझा था कि लड़की ने will कहा है।

जब अध्यापिका ने उस लड़की की प्रशंसा की तो वह खुश हुई, लेकिन उसे अपनी गलती पर अत्यन्त खेद हुआ। इस पर प्रशंसावचन सुनकर उसे लज्जा का अनुभव हुआ। उस ईमानदार लड़की ने निवेदन किया, “महोदया, मेरे हिज्जे भी ग़लत हैं। मैंने ‘आई’ की जगह ‘ई’ कहा। अर्थात् will की जगह Well कहा था, अतः मैं उस प्रशंसा के योग्य नहीं हूं, जो आप कर रही हैं।”

यह सुनकर अध्यापिका जहां की तहां रह गई। प्रशंसा के वचन रुक गए। सराहना की भावभूमि से यह यथार्थ की ठोस भूमि पर आ गई; पर इसका उसे रंचमात्र भी अरमान न था, क्योंकि वह इतनी ईमानदार थी कि झूठी प्रशंसा नहीं सहन कर सकी।

•

एथल ऐलन ने वकील के कमरे में घुसते हुए कहा, “जोन्स महाशय, मुझे बोस्टन के एक भद्र पुरुष की साठ पौण्ड राशि देनी है, जिसे उगाहने के लिए उसने यहां ‘परनोट’ भेजा है। मैं इसे अभी चुकाने में असमर्थ हूं। अतः मैं चाहता हूं कि जब तक मैं पैसों की व्यवस्था न कर लें, तब तक मेरे समझौते को स्थगित रखा जाए।” यह सुनकर वकील महोदय ने कहा, “मेरे रहते आपको चिंता करने की कोई बात नहीं। मैं चुटकियों में ही वैसा करवा लूंगा।” दूसरे दिन कचहरी जुड़ी तो वकील

ने न्यायालय में उपस्थित होकर कहा, "यौर ऑनर, समझौते में जो वादी के हस्ताक्षर हैं, वह सही नहीं हैं।" वकील जानता था कि इस तरह की क़ानूनी अड़चन पैदा करने से प्रतिवादी को बोस्टन से गवाह लाने होंगे और इस प्रक्रिया में ऐलन को पैसों का प्रबन्ध करने के लिए पर्याप्त समय मिल जाएगा।"

यह सुनकर न्यायालय-भवन में ऐलन ज़ोर से बोल उठा, "मैंने यहां आकर झट बोलने के लिए आपको अपना वकील नहीं ठहराया। यह 'परनोट' असली है। हस्ताक्षर भी मेरे ही हैं। मैं इसकी सत्यता के प्रति प्रतिबंधित हूं। मैं इसे अवश्य चुकाऊंगा। मैं अपने वचनों से फिरना क़तई नहीं चाहता। मैं तो केवल थोड़ी मोहलत चाहता हूं। मैंने आपको जो वकील किया था, वह केवल इसलिए नहीं कि आप यहां आकर असत्य भाषण करके किए गए वायदों से विमुख होने की बात कहें!" यह सुनकर वकील धरती में गड़े गया, पर जज महोदय ने ऐलन की इच्छानुसार पर्याप्त मोहलत देने का निर्णय कर दिया।

•

इसी तरह का एक और प्रसंग है। एक 'स्टोर के मालिक को एक होशियार नौकर की आवश्यकता थी। उसके विज्ञापन पर एक लड़का उसके पास इण्टरव्यू के लिए आया। मालिक ने कहा, "मान लो, मैं तुम्हें काम पर लेता हूं तो जो कुछ मैं कहूंगा, मेरे विचार से तुम वैसा ही करोगे।"

"हां, जनाब, मैं आपकी आज्ञा का पालन करूंगा।"

"यदि मैं कहूं कि कोई ग्राहक पूछे तो यही कहना है कि चीनी अव्वल दर्जे की है, तो क्या तुम दूसरे से वैसा ही कहोगे?"

लड़के ने बिना एक क्षण झिझके उत्तर दिया, "हां, मैं कहूंगा कि चीनी पहले दर्जे की है।"

"यदि मैं तुम्हें ग्राहकों से यह कहने को कहूं कि कॉफ़ी असली है, जबकि वस्तुतः वह मिलावट वाली हो, तो तुम क्या कहोगे?"

"जैसा आप कहने का हुक्म देंगे, मैं वैसा ही कहूंगा।" लड़के ने अपना उत्तर दोहरा दिया।

"और यदि मैं तुम्हें लोगों से ऐसा करने का निर्देश दें कि मक्खन ताज़ा है जबकि वह बासी है, तो तुम क्या कहोगे?"

"मैं वैसा ही कहूंगा, जो आप चाहेंगे।"

स्टोर के मालिक का माथा ठनका। उसने बड़ी गम्भीरता से पूछा, "तुम इस काम का लोगे क्या?"

"एक सौ डॉलर प्रति सप्ताह।" लड़के ने व्यापाराना हाव-भाव से बात की।

स्टोर का मालिक यह सुनकर लड़के के समीप आया और आश्चर्य से भरकर उसने पूछा, "एक सौ डॉलर एक सप्ताह के? क्या मतलब?"

"मतलब साफ़ है श्रीमान्," लड़के ने उत्तर दिया," देखिए, अव्वल दर्जे का झूठ बोलने वाला नौकर महंगा भी उतना ही होगा। यदि आपको अपने व्यवसाय के लिए ऐसे व्यक्ति की आवश्यकता है तो आपको उस काम के लिए उपयुक्त राशि भी चुकानी पड़ेगी। वैसे यदि आप मुझसे सीधा-सच्चा काम लेना चाहें तो मुझे आपके पास तीन डॉलर प्रति सप्ताह वेतन पर काम करने में खुशी होगी।" देखा आपने! उस बुद्धिमान लड़के ने स्टोर के मालिक को उसी के हथकंडे से जा घेरा, और तीन डॉलर प्रति सप्ताह वेतन पर नौकरी प्राप्त करने में सफलता प्राप्त की।

•

जैकब लेकर न्यू आलियन्स के एक नामी व्यवसायी थे। उनके एक समुद्री जहाज़ का लम्बे अरसे से कुछ अता-पता नहीं लग रहा था। वे एक इन्श्योरेन्स कम्पनी के कार्यालय गए और उस जहाज़ की इन्श्योरेन्स कराने की इच्छा व्यक्त की, क्योंकि जहाज़ के सुरक्षित लौटने के विषय में आशंका थी, अतः उनसे बहुत अधिक प्रीमियम मांगा गया। पर बेकर महोदय थे कि प्रीमियम के रूप में थोड़ी राशि देना चाहते थे। इसलिए बिना समझौते पर पहुंचे वे लौट गए।

उसी रात उनके एक दूत ने उन्हें जहाज़ के पानी में डूबकर पूरी तरह नष्ट हो जाने का दुस्समाचार दिया। यह सुनकर बेकर महोदय ने इतना कहा, "बहुत अच्छा।" और यह सुनकर उनका दूत चुपचाप चला गया। दूसरे दिन जब बेकर अपनी दुकान पर जा रहे थे तो मार्ग में इन्श्योरेन्स कम्पनी के कार्यालय पर अपनी बग्घी रोकी, और बिना बग्घी से उतरे कंपनी के सेक्रेटरी से धीरे से कहा, "अब आपको मेरे जहाज़ की पॉलिसी करने की आवश्यकता नहीं है। मुझे जहाज़ के बारे में सूचना मिल गई है।"

"किन्तु... किन्तु बेकर महोदय, अब यह कैसे हो सकता है?" यह

कहकर कम्पनी का सेक्रेटरी भागा हुआ कार्यालय के अन्दर गया और मिनट-दो मिनट के अंदर लौटकर बोला, "हमने आपकी पॉलिसी तैयार कर दी है और आप इससे पीछे नहीं हट सकते।"

"वह कैसे भाई?" व्यवसायी जैकब बेकर ने कहा।

"जब आप कल शाम लौट गए तो हम आपके प्रस्ताव से सहमत हो गए और आपकी पॉलिसी तैयार कर दी गई थी। कम्पनी ने आपके जहाज़ की सुरक्षा गारंटी ले ली है और अब आपको इसे स्वीकार करना होगा। देखिए, यह रही वह।" सेक्रेटरी ने कार्यालय से निकलकर आते हुए एक क्लर्क की ओर संकेत करके कहा।

क्लर्क पॉलिसी के कागजात लेकर उनके पास आया, जिस पर कम्पनी के मुख्य अधिकारी के हस्ताक्षर की स्याही अभी सूखी न थी।

"अच्छा दोस्त," बेकर महोदय ने कहा, "यदि आपने पॉलिसी बुना ही दी है तो फिर मुझे स्वीकार करना ही पड़ेगा।" और उसने पॉलिसी के कागज़ात जेब में डाल लिए।

उस दिन दोपहर को जहाज़ के डूबने का समाचार नगर-भर में फैल गया। इस तरह इन्श्योरेन्स कम्पनी वालों ने अपनी धूर्तताभरी बेईमानी के फलस्वरूप स्वयं ही अपने-आपको ठग लिया।

●

आजकल बहुत-से संस्थाओं के मालिक धोखाधड़ी का मार्ग अपनाते हैं। वे दुनिया के पदार्थों को अपने स्वार्थों की दुनिया में लगाना चाहते हैं; वे प्रकृति की व्यवस्था एवं रीति-नीति में थोड़ी अव्यवस्था पैदा करके विवेक की आंखों को दिग्भ्रम में डालना चाहते हैं। उनके अनुसार इस नीति को अपनाना आवश्यक है। इसमें आश्चर्य नहीं कि इस तरह के आदर्श सामने रखकर हमारे नवयुवक और नवयुवतियों का दृष्टिकोण दोषपूर्ण हो जाता है, और वे झूठे आदर्शों एवं दोषपूर्ण मानदण्डों को अपना लेते हैं।

पर आज की दुनिया में लोग ऐसे युवकों को चाहते हैं, जो अविश्वसनीय माल नहीं बेचते, इसके विपरीत जो मार्के की अथवा सिक्केबन्द चीज़ों का व्यापार करते हैं। आज की दुनिया ऐसे चिकित्सकों को पसंद करती है, जो उनके रोग को न समझने पर उसे पहचानने का अभिनय नहीं करते अथवा मरीजों को संदिग्ध दवा की खुराक देकर उनपर अपने तजुर्बा नहीं करते। आज दुनिया में ऐसे राजनीतिज्ञों का सम्मान होता है, जो दलबंदी या

गुटबंदी के शिकार नहीं होते। जनता ऐसे वकीलों के पास दौड़ती है, जो अपनी फ़ीस के लालच में अपने मुवक्किल को मुक़दमे में नहीं फंसाते, जबकि वे जानते हैं कि उनको मुक़दमा जीतने की आशा नहीं है। आज लोग ऐसे उपासकों की खोज में रहते हैं, जो आत्मा की आवाज़ पर विश्वास करते हैं, जिनके मन में मोटी दान-दक्षिणा का प्रलोभन नहीं रहता, जिनको दूसरों से प्राप्त वाहवाही अधिक प्रभावित नहीं करती। हम ऐसे दुकानदारों के पास जाना पसंद नहीं करते, जो एक गज़ में ठीक छत्तीस इंच कपड़ा नापकर न देते हों और सेर में सोलह छटांक न तौलते हों। हम ऐसे पत्रकारों को चाहते हैं, जो इसलिए तथ्यों को पक्षपातपूर्ण ढंग से रंगकर प्रस्तुत नहीं करते, क्योंकि सम्पादक ऐसा चाहता है या अखबार की नीति वैसा करने पर विवश करती है। हम सभी ऐसे व्यक्तियों को चाहते हैं, जो यह न कहें कि लोग ऐसा करते हैं, इसलिए मैंने भी ऐसा किया, और जो ईमानदारी की सीमा-रेखा पार करके अपना तनिक भी हित-साधन करने की बात नहीं सोचते।

श्री ए.टी. स्टीवर्ट नामक एक व्यापारी का आदेश था कि चाहे कुछ भी परिणाम हो, उनकी दुकान पर सच बोला जाए। किसी भी कर्मचारी को गुलत बयानी करने की अथवा किसी दोष को छिपाने की आज्ञा न थी।

अपने मैनेजर को एक सेल्समैन बता रहा था कि माल बढ़िया नहीं है और न ही उसकी बनावट ही अच्छी है। संयोग से तभी शहर के तंग गली-कूचों वाले इलाके से एक व्यापारी माल लेने आ गया। उसने पूछा, "क्या तुम्हारे पास नई और फ़र्स्टक्लास आइटम है?"

युवक सेल्समैन ने तुरंत उत्तर दिया, "क्यों नहीं महाशय, हमारे पास अभी-अभी ऐसा माल आया है, जिसका डिज़ाइन आपको बहुत पसंद आएगा।"

जिस माल में कुछ मिनट पूर्व वह दोष निकाल रहा था, उसी माल के बारे में वह प्रशंसा के पुल बांधने लगा। फलस्वरूप उसका बहुत-सा स्टाक आगन्तुक व्यापारी ने खरीद लिया।

फ़र्म के मालिक स्टीवर्ट महोदय अपने सेल्समैन की बात बड़ी गम्भीरता से सुन रहे थे, वे बीच में बोल उठे, "बंधु, मेरा सेल्समैन झूठ बोल रहा है। आप माल को ज़रा ध्यान से देखिए। यह माल अच्छा नहीं है। यह कहकर उन्होंने अपने सेल्समैन की ओर देखते हुए कहा, "कृपया आप

अभी खजांची के पास जाकर अपना पूरा हिसाब ले लें। आपकी जैसी योग्यता वाले व्यक्ति की सेवाओं की यहां कोई आवश्यकता नहीं है।"

•

"तुमने उसे सामान क्यों नहीं बेचा?" दुकान से जैसे ही एक महिला बिना कुछ खरीदे बाहर निकली तो मालिक ने अपने स्टोर के कर्मचारी से पूछा। इस पर कर्मचारी ने उत्तर दिया, "क्योंकि मेरे पास उस मार्के की चीज़ नहीं है, जिसे महिला मांगती थी।"

"ऐसी क्या बात थी! कोई और चीज़ भिड़ा देते और कह देते कि यह भी उसी कम्पनी की है।" मालिक ने समझाया।

"श्रीमान, मैं ऐसा झूठ कैसे बोल सकता था! आखिर यह होता तो धोखा ही न!"

"इतना सत्यवादी होने से दुकान का काम नहीं चलता। कान खोलकर सुन लो।"

"अगर मुझे आपके यहां नौकरी करने के लिए झूठ बोलना ही पड़ेगा, तो मुझसे यह काम नहीं हो सकेगा। मेरा हिसाब कर दीजिए।" यह कहकर कर्मचारी अपना हिसाब लेकर चला गया।

वहां से नौकरी छोड़कर उसने अपना छोटा-मोटा धंधा खोल लिया और बाद में यही व्यक्ति यूरोप का बहुत बड़ा आदमी बना।

बीचर महोदय का कथन है : "ऐसे लोग बहुत कम होंगे, जो दुकानदारी के सिद्धान्तों का पालन करें और उनसे यथेष्ट लाभ न उठा सकें। अपने साधनों की अपेक्षा अधिक प्राप्त करने की इच्छा का मतलब है, अपने पड़ोसियों को हानि पहुंचाने की इच्छा। दूसरे शब्दों में इसे बिना मूल्य चुकाए अधिकार जमाना कहा जा सकता है। कभी-कभी हमारे हाथों में आनायास ही कोई चीज़ पड़ जाती है, जिसके हम अधिकारी नहीं होते या जिसको प्राप्त करने की हममें पात्रता नहीं होती। ऐसी उपलब्धि को भी बेईमानी की संज्ञा दी जा सकती है; क्योंकि परोक्ष रूप में यह दूसरों के अधिकारों का शोषण ही तो है, चाहे क़ानून की दृष्टि में वह अनुचित न भी हो।"

"ये कार्ड कितने बढ़िया हैं!" एक महिला ने कहा, "इसमें सबसे बढ़िया वह है, जिस पर यह वाक्य लिखा है-ईमानदारी सर्वश्रेष्ठ नीति है।"

यह सुनकर कार्डों के मालिक ने उत्तर दिया, "क्यों नहीं, इन कार्डों

को मैं यूरोप से लाया हूं। बड़ा भाग्यशाली हूँ न मैं। मैं इन कार्डों को बहुत-सी अन्य वस्तुओं के साथ लाया हूं, जिसपर मैंने एक भी पैसा शुल्क नहीं दिया है।"

•

एक ज़मीदार, जो सेबों का व्यापारी था, अच्छी श्रेणी के सेबों को पेटियों में भली भांति बंद करवाकर देश-भर में दूर-दूर तक भेजा करता था और पेटियों पर अपना नाम लिखवा देता। जो लोग उसका माल ख़रीदते थे, वह उनसे निवेदन करता, "कृपया मेरे सेबों के बारे में लिखिएगा कि वे आपको ठीक हालत में मिले या नहीं और वे आपको कैसे लगे।" लोग उसके इस ईमानदारी-भरे व्यवहार से आकृष्ट हुए और उसका व्यापार फलता-फूलता गया।

एक दिन उसके पास इंग्लैण्ड से एक पत्र आया, जिसमें उसके सेबों के बारे में भरपूर प्रशंसा की गई थी और उस पत्र में लिखा था कि उस वर्ष की सारी फ़सल उस व्यापारी को जहाज़ में भरकर भेज दी जाए।

•

एक नवयुवक का कथन है : "में बेईमान तो नहीं हूं, लेकिन मैं अपने काम को ठीक से अंजाम नहीं दे पाता।" ऐसी स्थिति भी प्रभावपूर्ण सिद्ध नहीं होती, क्योंकि केवल नकारात्मक गुण नितांत व्यर्थ होता है। किसी दफ्तर के क्लर्क की पदोन्नति इसलिए नहीं होती है कि उसने कभी डाक टिकटें नहीं चुराईं, बल्कि इसलिए होती है कि वह उत्साही, जागरूक, योग्य और परिश्रमी व्यक्ति है।

कल्पना कीजिए कि यदि दुनिया की प्राकृतिक वस्तुएं हमें वैसे ही धोखा देती जाएं, जैसे हम दूसरों को देते हैं तो आप जानते हैं कि क्या होगा? यह दुनिया नष्ट-भ्रष्ट हो जाएगी। ये पहाड़, ये वन, ये नदियां, सभी प्रवंचनामात्र सिद्ध हो जाएंगी। आज यह जो धरती हरी-भरी और सुफला दिखाई दे रही है, यदि हमारे बीज के बदले में हमें खेती देना बंद कर दे तो यह सब हरियालियां मृगमरीचिका बनकर रह जाएंगी, गुरुत्वाकर्षण का सिद्धान्त डगमगा जाएगा, ये नक्षत्रगण अपने कक्षों को छोड़कर भाग खड़े होंगे, परमाणु अपने स्वरूप को छोड़ देंगे-इस सबसे होगा क्या, सृष्टि का विनाश, एक महान प्रलय!

इस उदाहरण से कर्मनिष्ठा अथवा ईमानदारी के महत्त्व का आभास

मिलता है। सृष्टि के विधान में एक इकाई का जो स्थान है, उसकी सतर्कता उसी में है कि वह ईमानदारी से अपने निर्दिष्ट कर्त्तव्य की पूर्ति में सदा-सर्वदा प्रयत्नशील रहे।

इसके विपरीत, यदि आप कुछ श्रम न करके कुछ प्राप्त करना चाहते हैं, या थोड़ा श्रम करके अधिक प्राप्त करने की आशा लगाए बैठे हैं तो यह बेईमानी की बात होगी-चाहे वह काम बिक्री का हो, लॉटरी को हो या और किसी धोखाधड़ी का। यदि आप दूसरों के रुपये में से कुछ राशि चोरी-छिपे अपने व्यक्तिगत व्यवसाय लगा लें, चाहे वह थोड़े समय के लिए ही क्यों न हो, तो भी आपका यह कार्य अनुचित एवं लगभग बेईमानी भरा कहा जाएगा।

आदत

यदि स्वभाव का बुद्धिमता और विवेक से विकास किया जाए तो वस्तुतः वह एक दूसरी प्रकृति बन जाता है-बेकन

एक बार एक मां ने एक डॉक्टर से पूछा, "मैं अपने बालक को कब से पढ़ाना प्रारंभ करू?"

"तुम्हारा बच्चा कितना बड़ा हो गया है?" डॉक्टर ने जानना चाहा।

"दो वर्ष का।"

"तब तुमने दो वर्ष व्यर्थ ही गंवा दिए।" डॉक्टर ने गम्भीरता से कहा।

सीखने के लिए किसी आयु-विशेष की प्रतीक्षा करने की आवश्यकता नहीं। अच्छी आदत अपनाने के लिए प्रत्येक समय' उचित समय है। हम 'कर्म' को बीजते हैं तो हमें फल में स्वभाव प्राप्त होता है। हम 'स्वभाव को बीजते हैं तो फुलस्वरूप हमें 'चरित्र प्राप्त होता है।

अच्छी आदतें अधिकतर आत्मानुशासन और आत्मत्याग पर निर्भर करती हैं, जबकि बुरी आदतें गुणों के पौधे को बढ़ने से रोकने के लिए झाड़-झंखाड़ की तरह बढ़ती हैं।

पच्चीस या तीस वर्ष की आयु में पहुंचकर व्यक्ति में परिवर्तन की गुंजाइश बहुत कम रह जाती है। हां, अच्छाई या बुराई में से जिसकी ओर उसकी प्रवृत्ति होती है, इस बीच उस दिशा में और आगे बढ़ा जा सकता है; पर यह बात अत्यन्त संतोषजनक है कि जब व्यक्ति यौवन की दहलीज़ पर होता है तो वह लगभग उतनी ही सरलता से अपने अंदर अच्छी आदतें ग्रहण कर सकता है, जितनी आसानी से वह बुरी आदतें सीख जाता है। इसी तरह, इसकी भी पूरी-पूरी संभावना रहती है कि

जैसे कि बुरी आदतें दृढ़ हो जाती हैं, वैसे ही वह अच्छी बातों का भी विकास कर सकता है।

आप अपने जीवन के आरंभिक बीस वर्षों की भली-भांति निगरानी कीजिए, आगे आने वाले बीस वर्ष 'आपकी निगरानी करेंगे।

इतिहासकार स्टाफोर्डशायर ने एक मूर्ख व्यक्ति का किस्सा बयान किया है, जो शहर में घंटाघर के पास रहता था, और जो घड़ी में बजने वाले घंटों को गिनकर अपने-आपको बहलाए रखता था। घड़ी की सहायता के बिना घंटे गिनने की धुन में वह एक बार सड़क-दुर्घटना में घायल हो गया।

●

डॉक्टर जानसन को गली से गुज़रते समय हर खम्भे को छूने की आदत थी और यदि भूल से कोई खम्भा छूने से रह जाता था तो वह व्याकुल और अधीर हो उठता था। जब तक कि वह वापस आकर उस छूटे हुए खम्भे को छू न लेता था, उसे चैन न पड़ती थी।

●

"सोचते रहना भी एक आदत ही है, और कुछ नहीं।"

●

इसाक वाट्स को कविता करने की आदत थी। उसके पिता उसकी इस आदत से तंग आ गए और उसे दंडित करने का निश्चय किया। यह सुनकर वाट्स ने उनसे कविता में ही प्रार्थना की:

मान्य पिताजी, क्षमा दीजिए!
मुझे दंड से मुक्ति दीजिए!
प्रण करता हूं, नहीं करूंगा!
अब मैं कविता नहीं करूंगा!

●

एक मंत्री को इतना बढ़ा-चढ़ाकर बात करने की आदत थी कि उसके कथन का प्रभाव ही जाता रहा। उसके भाई-बंधु उसे समझाने आए। तब उन्होंने इस बुरी लत को तिलांजलि देने के लिए उपदेश में अच्छा-खासा भाषण दे डाला, तो वह बोला, "बंधुवा, मैं स्वयं भी अपने इस दुर्गुण पर पश्चात्ताप करता रहा हूं और मैं अब तक कई पीपे आंसू बहा चुका हूं।" यह सुनकर हितचिन्तकों के चेहरे लटक गए और उन्होंने

सोचा-इसका वाग्दोष तो इतना पुराना है कि अब इसका कोई इलाज नहीं है।

मनुष्य असावधानी में अथवा हंसी-मजाक में ऐसे कार्य करने अथवा ऐसी वाणी बोलने का मुहावरा डाल लेता है, जो उसके मन-मस्तिष्क पर बुरी तरह छा जाते हैं और उसके स्वभाव का अंग बन जाते हैं। तब वह जैसा करता या कहता है, वैसा उसका मन्शा नहीं होता, फिर भी वह कहने या करने के लिए विवश होता है।

कई वक्ताओं में अंट-संट बोलने अथवा अभद्र हावभाव प्रकट करने का दुर्व्यसन होता है। उनमें से कुछ को बोलते समय अपने मुख के किसी भाग अथवा ठोड़ी पर हाथ मलने की आदत होती है। कुछ व्यक्ति बोलते हुए गले पर उगे बालों को पकड़ने लगते हैं। कुछ व्यक्तियों में अंगूठे या अंगुलियों के अग्र भाग को नाक में डालने की आदत होती है और कुछ व्यक्ति ऐसा हावभाव प्रकट करते हैं, जैसे वे अदृश्य साबुन से मंलकर अदृश्य जल में हाथ धोने का उपक्रम कर रहे हों।

बीचर का कथन है : "हम जिन आदतों के जीवन-भर शिकार रहते हैं, हम निरन्तर इनकार करते हैं कि हम उनसे ग्रस्त नहीं हैं। एक व्यक्ति जो चालीस या पचास वर्ष की आयु को प्राप्त कर चुका है, अपनी आदतों का दास है। वह उनके वशीभूत होकर यंत्रवत् कार्य करने का आदी हो जाता है–वह नहीं जानता कि उसके कार्य का स्वरूप क्या है; किन्तु जब कोई उसके कार्य का विश्लेषण करता है तो वह चौंकता है-वस्तुतः वह चालीस या पचास वर्ष तक निरंतर आत्मवंचना से ग्रस्त रहता है।"

स्मरण रखिए, आदत मानव-प्रकृति की अवस्था है, जिसे हमें अपनी योग्यता बढ़ाने और जीवन में सफलता पाने के लिए अपनाना चाहिए।

सफल व्यक्तियों में विफलता के विषय में किए गए सैकड़ों प्रश्नों का लगभग एक-सा ही उत्तर प्राप्त हुआ, और वह यह था-उनकी विफलता का प्रमुख कारण थीं-बुरी आदतें।

चरित्र का विनाश कितना सरल है! थोड़ी-सी शराब, थोड़ा-सा जुआ खेलने की आदत, तनिक-सी बुरी संगत और समय का ज़रा-सा अपव्यय मनुष्य के व्यक्तित्व को पंगु करके रख देता है।

मिसीसिपी नदी के स्तर से लगभग 15 फुट नीचे आर्लियन्स नगर बसा है। लेबी बांध ही उस नदी से नगर की रक्षा करता है। मई, 1883 ई.

में उस बांध में दरार देखी गई, जिसमें से पानी बहकर निकल रहा था। यदि देखते ही उस दरार को पाटने का यत्न किया जाता तो रेत के कुछ बोरों या कूड़ा-कर्कट के थोड़े-से ढेर से उसे सहज़ ही पाटा जा सकता था; किंतु कुछ घंटों के विलम्ब से दरार इतनी चौड़ी हो गई कि उसमें से बहने वाले प्रवाह को रोकने के सारे प्रयत्न विफल हो गए। तब उस जलप्रवाह को रोकने वाले व्यक्ति के लिए पांच लाख डालर का इनाम घोषित किया गया; किंतु इस पर भी प्रवाह को न रोका जा सका, क्योंकि काफी देर हो चुकी थी।

छोटे-छोटे अपराधों और सफेद झूठों से बचकर रहिए।

एक अनुभवी व्यक्ति का कथन है : "चार अच्छी आदतें हैं- नियमितता, सत्यता, स्थिरता और शीघ्रता। पहली आदत के बिना समय विनष्ट होता है: दूसरी आदत के बिना कुछ ऐसी गलतियां हो जाती हैं, जो दूसरों की अपेक्षा हमारे लिए अधिक हानिकारक सिद्ध होती है; तीसरी आदत के अभाव में कोई भी काम सलीके से नहीं किया जा सकता और चौथी आदत के अभाव में व्यक्ति उन्नति प्राप्त करने के महान अवसरों से वंचित रह जाता है और ऐसे अवसरों से सदा के लिए हाथ धो बैठता है।

अब्राहम लिंकन ने अभ्यास के बल पर भाषा पर पूर्ण अधिकार कर लिया था, और वेण्डेल फ़िलिप्स ने सदा अद्‌भुत शैली में चिन्तन और सम्भाषण का अभ्यास करके अंग्रेजी भाषा की विलक्षण शब्दावली को ही जैसे साध लिया था।

"पारिवारिक रहन-सहन का हमारे जीवन में बड़ा व्यापक प्रभाव पड़ता है। मां-बाप के संरक्षण में से निकलकर बच्चे वही संस्कार फैलाते हैं, जिसके आधार पर नया समाज आकृति ग्रहण करता है। ये संस्कार हमें अपने माता-पिता एवं परिवार से बपौती में मिलते हैं। अतः इन संस्कारों को उन परिवारों के दर अपने मूल रूप में देखा जा सकता है।"

"किसी छोटी बात को लीजिए। देखने में तो वह मामूली होती है, किन्तु जिस ढंग से मैं किसी छोटी बात को करता हूं, उसका परिणाम बहुत बड़ा होता है; क्योंकि ये छोटी-छोटी चीजें ही हैं, जिनसे मैं अपने अंदर अपने व्यवसाय के गुण ढाल रहा हूं। मैं बहुत ध्यान रखता हूं कि मैं अपने कामों को ठीक तरह से पूरा करने में विफल न होऊ, चाहे

वे काम कितने भी छोटे क्यों न हों।"

हमारी आदतें टेढ़े-मेढ़े उगे हुए पेड़ के समान हैं। आप एक बागीचे में जाकर किसी टेढ़े-मेढे पेड़ को सीधा करके खड़े हो जाएं और यों कहें, "बस, अब सीधे रहना।" तो आपका यह प्रयत्न बेकार रहेगा। पेड़ इस तरह सीधा नहीं हो सकेगा। तो फिर वह कैसे सीधा होगा? आप पेड़ की। टेढ़ी शाखा के साथ एक सीधी सख्त लकड़ी को कसकर बांध दें और उसे कई दिन तक बंधे रहने दें और फिर प्रतिमाह वैसा करें इतना ही नहीं, एक-दो ऋतुओं में आप उस पर लकड़ी बांधते रहें तो कहीं अन्त में जाकर आपको स्थायी रूप से सीधा करने में सफलता प्राप्त हो सकेगी। आप अपने स्वभाव-रूपी वृक्ष को भी सीधा कर सकते हैं, लेकिन झट से नहीं। आपको ऐसा करने में एक-दो साल लग सकते हैं।

सर जार्ज स्टम्पन ने भारत में एक भयानक हत्यारे को जेल में असह्य यातना झेलते हुए देखा। उसे आठ वर्ष का कठोर कारावास मिला था। इस बीच उसे सख़्त नुकीले कीलों वाले बिस्तर पर सुलाया जाता था। पांच वर्ष उसे इस बिस्तर पर सोते हुए हो गए थे। उसका शरीर कीलों से छलनी हो गया था। जब सर जार्ज ने उसे देखा तो पाया कि उसकी खाल गैंडे की तरह सख़्त पड़ गई थी और अब वह उस पर आराम की नींद सो सकता था। उस कैदी ने बताया कि सात साल बीत जाने के बाद उसका विचार वैसे ही कीलों वाले विस्तर प्रयोग करने का है। पापमय जीवन के अभ्यास के दुष्परिणाम का कितना भव्य उदाहरण है यह! पहले हमें पाप कांटों के बिस्तर की तरह दिखाई पड़ता है। ज्यों-ज्यों पापमय जीवन बीतता जाता है, हमारी नैतिक चेतना सोती चली जाती है और एक दिन वह एकदम मर जाती है। वैसी स्थिति में वह दुःसह्य जीवन, दुःसह्य नहीं लगता। हम उसके आदी हो जाते हैं।

प्रायः देखा गया है कि जब हमारे सामने कुछ अपराध आते हैं। तो हम एकाएक चौंक पड़ते हैं। जो व्यक्ति कल गली में घूमता हुआ या अपनी दुकान पर बैठा हुआ देखा गया था, जब वह आज कोई जघन्य अपराध कर लेता है तो हम चकित हो उठते हैं। हम सोचने लगते हैं, कल तक तो इसके क्रिया-कलाप में कोई ऐसा लक्षण दिखाई नहीं देता था, आज यह सब कैसे हो गया! वस्तुतः आज का अपराध हमारे कल के और उनसे पिछले दिनों के कृत्यों की सहज शृंखला की एक कड़ी

है। वह तो उसकी सभी पुरानी आदतों की निश्चित गति का एक परिणाममात्र है।

दो मल्लाह, जिन्होंने मद्यपान कर रखा था, एक नौका में बैठकर तट से अपने जहाज़ की ओर चले। उन्होंने बहुत चप्पू चलाया, लेकिन उनकी नौका टस से मस न हुई। इस पर वे एक-दूसरे पर आरोप लगाने लगे कि वह नौका चलाने में भरपूर सहयोग नहीं दे रहा। कहा-सुनी के बाद एक घंटा तक चप्पू चलाते रहे। इस पर उन्होंने देखा कि नौका वहीं की वहीं खड़ी है। अब वे चकराए। उसमें से एक ने नौका के आसपास देखा। और कहा-"अरे भाई! हमारी नौका जिस रस्से के साथ तट पर बंधी है, उसे तो हमने खोला ही नहीं!" ठीक यही बात उन व्यक्तियों पर लागू होती है, जो बेखबर होकर अपने-आपको सम्भवतः अदृश्य बंधनों से बांधे रखते हैं। यही बंधन उनके सभी प्रयासों में बाधा बन जाते हैं और उनकी प्रगति रोककर रख देते हैं।

हमारे जीवन में मस्तिष्क शरीर के विभिन्न अंगों को विशिष्ट क्रियाओं की आदत डालने का प्रशिक्षण देता है, जो बाद में अपने कार्य के अनुसार अपने-आप आदतों पर पूरा ध्यान देता है तो आगे चलकर उसका जीवन एक महान उपलब्धि बन जाता है। इसके विपरीत जो शुरू में ही अपनी छोटी-छोटी बातों की उपेक्षा करता है, उसके हाथ असफलताओं के सिवाय और कुछ नहीं लगता।

हमारे बड़े-बूढ़े कहा करते हैं कि यदि आप अपने घर में किसी एक राक्षस को जगह दे दें, तो कुछ दिनों में ही आप देखेंगे कि उस राक्षस के पूरे परिवार ने आप पर आक्रमण कर दिया है। यही बात बुरी आदतों के बारे में है। उदाहरण के रूप में उपेक्षा या अस्वच्छता को लीजिए। ये बहुत जल्दी दूसरों पर अपना दुष्प्रभाव डालती है। देखते ही देखते व्यक्ति का चरित्र बुरी आदतों की पूरी पल्टन का शिकार हो जाता है।

सारांश रूप में आज जो कुछ हम कर रहे हैं, वह उसी का दोहराया हुआ रूप है, जो कुछ कल हमने किया था; और यदि हमें वैज्ञानिक विधि से उसमें सुधार न करें तो अनेक संकल्पों के बावजूद हम कल भी वहीं करेंगे, जोकि हम आज कर रहे हैं। यहां हमारे सम्मुख अच्छी आदतों में निर्माण का महत्त्व उभरकर आता है। अपने चरित्र के अंदर अच्छी आदतों को ढालना एक विज्ञान है और इसे आज अधिकाधिक अपनाने की

आवश्यकता है। किंतु यह कितने दुर्भाग्य की बात है कि हमारी माताएं इस विज्ञान से परिचित नहीं हैं, अथवा हमारे स्कूलों, कॉलेजों और विश्वविद्यालयों में इसकी शिक्षा की व्यवस्था नहीं है। इस विषय की शिक्षा के विषय में जो उपेक्षा हो रही है, वह हमारा सबसे बड़ा दुर्भाग्य है। और इसको हमें गम्भीरता से लेना है।

छोटी-छोटी बातें

सैनफ्रेन्सिको की पोस्ट नामक पत्रिका में प्रकाशित एक लेख में कहा गया है : "एक लेखा कर्मचारी तीन सप्ताह एक शहर के एक थोक-विक्रेता का दिन-रात एक करके काम करता रहा। उसके हिसाब में नौ सौ डॉलर की कमी पड़ रही थी, जिसकी पूर्ति नहीं हो रही थी। वह रोकड़े जोड़ता, पुनः काटता परेशान हो गया, फिर भी हिसाब न मिला। इस पर संस्था के प्रबंधक ने उसकी बड़ी भत्र्सना की। एक बार उसके मन में आया कि वह कहीं दूर चला जाए अथवा आत्महत्या कर ले। उसकी उखड़ी हुई चित्तवृत्ति देखकर प्रबन्धक महोदय कुछ ठंडे पड़ गए। तब वे दोनों व्यक्ति खातों का निरीक्षण करने लगे, पर हिसाब-किताब में नौ सौ डॉलरों की कमी का अन्तर न निकल सका। संस्था के मालिक की नये सिरे से जांच-पड़ताल शुरू हुई। दो व्यक्ति जांच के लिए लगाए गए। वे एक-एक रक़म को चेक कर रहे थे। अभी वे थोड़ा ही आगे बढ़ पाए थे कि एक रकम पर आकर रुक गए। उन्होंने नौ सौ डॉलरों की गलती को पकड़ लिया था।

"यहां एक हजार डॉलर होना चाहिए था। उन्नीस सौ कैसे बन गया?" संस्था के मालिक ने कहा।

ध्यान से निरीक्षण करने पर पता चला कि कैशबुक के पृष्ठों में एक मक्खी मर गई थी, जिसकी एक टांग से एक हजार (1000) डॉलर के सैकड़े वाले शून्य का नौ बन गया था।

यह एक संयोग की बात थी। एक छोटी-सी घटना का इतना दूरगामी प्रभाव पड़ा कि उसने सारे दफ्तर में एक तूफ़ान खड़ा कर दिया।

•

कहा जाता है कि जब हेनरी विक ने ठीक समय बताने वाली पहली

घड़ी बनाई और उसे फ्रांस के राजा चार्ल्स पंचम के पास लाया तो राजा ने घड़ी को देखते हुए कहा-"हां, घड़ी तो ठीक है, किन्तु तुमने इसके डायल पर नम्बर गलत लिख दिए हैं।"

"हुज़ूर, मैंने इस पर अधिक ध्यान नहीं दिया।" विक बोला।

"डायल पर लिखा चार वाला अंक ऐसे (IV) नहीं, बल्कि ऐसे (IIII) लिखा जाना चाहिए।"

"ऐसे नहीं होता हुज़ूर!" घड़ी-निर्माता ने विरोध प्रकट करते हुए कहा।

"यहां एक को चार बार ही लिखा जाना चाहिए।" राजा ने हठ किया।

"यह गलत होगा हुज़ूर!"

"ग़लत-वलत कुछ नहीं।" राजा ने क्रोध में कहा, "घड़ी को ले जाओ और गलती को ठीक कर लाओ।"

विक महोदय को वैसा ही करना पड़ा। यही कारण है कि घड़ियों में IV के स्थान पर IIII लिखने का प्रचलन हो गया, जो अब भी पुरानी घड़ियों में कहीं-कहीं पाया जाता है।

●

बालक जेम्स वाट रसोईघर की चिमनी के पास, बेंच पर बैठकर, अपने खाने की प्रतीक्षा कर रहा था कि उसे सहसा भाप की शक्ति की खोज करने का विचार सूझा। उसकी इस महान खोज पर आज सारा संसार उसका ऋणी है। भाप में कितनी शक्ति है। तनिक कल्पना कीजिए, अगर भाप की खोज न होती तो रेलों, समुद्री जहाज़ों और दुनिया की हज़ारों फ़ैक्टरियों का क्या होता, जिसमें भाप द्वारा काम किया जाता है? अगर भाप की खोज न होती तो यह सब न हो पाता। तब संसार की निर्माणशालाओं में फक-फक की आवाज़ एकदम चुप पड़ जाती; विकट बेकारी फैल जाती, हज़ारों व्यक्ति लाचार होकर भूख एवं मृत्यु के शिकार बन जाते। यह एक ठोस तथ्य है कि जीवन में असाधारण घटनाएं तो बहुत कम होती हैं। छोटी-छोटी बातों से ही व्यक्ति महान बने हैं। छोटी-छोटी बातें, साधारण घटनाएं, छोटे-छोटे अनुभव, ज्ञो देखने में बहुत ही मामूली लगते हैं, कुल मिलाकर हमारे जीवन को नया रूप देते हैं। के।

●

महान हेल्म होल्डम को टायफाइड ज्वर से पीड़ित होने पर घर में

चारपाई पर पड़े रहना पड़ा। उसने अपने मनोरंजन के लिए अपने थोड़े-से पैसों से एक माइक्रोस ख़रीदा, जिससे उसका विज्ञान-क्षेत्र में प्रवेश हुआ। उसी से आगे चलकर वह एक महान वैज्ञानिक बना।

एक सुन्दर मुखड़े और उसपर मधुर मुस्कान के कारण दस वर्ष तक ट्राय पर सेनाओं का घेराव पड़ा। जिस पर महाकवि होमर को संसार का महाकाव्य लिखने की प्रेरणा मिली--एक सुन्दरी के कारण ही तो इतना कुछ हो गया।

आप मुडेंना राज्य के युद्ध होने का कारण जानते हैं? 1005 ई. में मुडेना देश के कुछ सैनिक बोलोना राज्य के एक सार्वजनिक कुएं से एक बाल्टी उठा ले गए। उस बाल्टी का मूल्य कठिनाई से कोई पचास पैसे रहा होगा; लेकिन उससे जो संघर्ष हुआ, उसने एक युद्ध का रूप ग्रहण कर लिया, जो बीस साल तक चलता रहा।

फ्रांस के इतिहास में शराब के एक गिलास के कारण बहुत बड़ा परिवर्तन हो गया। सम्राट लइस फ़िलिप का बेटा ल्यूक ऑफ आलिल्ज़ अपने मित्रों के साथ नाश्ता कर रहा था। खा-पीकर वह अपने साथियों से अलग हुआ और और अपनी बग्घी पर बैठकर अपने घर की ओर लौट चला। अचानक क्या हुआ कि घोड़े भयभीत हो गए। राजकुमार आलिल्ज़ उछलकर सड़क पर सिर के बल जा गिरा और थोड़ा-सा अपना संतुलन खो बैठा। बस, फिर क्या था! उसके पांव टूट गए और सिर सड़क की पथरीली जगह पर क्षतविक्षत हो गया।

अचेत राजकुमार को शीघ्र ही उपचार के लिए ले जाया गया, किन्तु देखते ही देखते उसका प्राणान्त हो गया। यदि उसने एक गिलास शराब ज़्यादा न पी होती तो शायद घोड़ों के भयभीत होने से वह बग्घी से सिर के बल न गिरता; या अगर वह धरती पर गिर भी जाता तो शीघ्र वह अपने-आपको संभाल देता। शराब का एक गिलास शासन के उत्तराधिकारी की केवल मृत्यु ही सिद्ध न हुआ, बल्कि उसने उसके परिवार को अपार सम्पत्ति से बेदखल कर दिया। फलस्वरूप उसके घर वालों को मिला देशनिकाला और वे दर-दर की खाक छानते फिरे

लगभग 'आधी शताब्दी पहले की बात है, एक यात्री उत्तरी इंग्लैण्ड के एक छोटे से गांव की सराय पर विश्राम के लिए रुका। जब वह वहां आराम कर रहा था तो उसने देखा कि एक डाकिया एक पत्र लेकर सराय

की मालकिन की ओर बढ़ा। उस महिला ने पत्र लेकर बड़े ध्यान से . उल्टा-पल्टी और फिर वापस लौटाते हुए कहा, "इसे लौटा ले जाओ, मैं इस पर दो शिलिंग की इतनी बड़ी राशि अदा नहीं कर सकती।" डाकिया इस महिला को डाक-खुर्च देकर पुत्र प्राप्त करने के लिए लगातार कहता रहा, लेकिन महिला ने पत्र लेने से बिल्कुल इनकार कर दिया। इस पर उस यात्री ने अपनी जेब से डाक-व्यय देकर पत्र ले लिया और उसे महिला को दे दिया। जब डाकिया चला गया, तब महिला ने बताया कि उस लिफ़ाफ़े में कुछ नहीं है। यह अंदर से खाली है। मेरा भाई दूर के एक गांव में रहता है। हमने बिना कुछ खर्च किए कुशल-समाचार लेने का एक नुस्खा निकाल रखा है। लिफ़ाफ़े के ऊपर कोई गुप्त निशान बना देते हैं, जिसे देखते ही हम समझ जाते हैं कि दूसरा व्यक्ति स्वस्थ है या अस्वस्थ। वह इस घटना से बेहद प्रभावित हुआ।

वह यात्री इंग्लैंड का संसद-सदस्य रोलैण्ड हिल था। उसने संसद में आकर मांग रखी कि डाक-दरें बहुत कम की जाएं, ताकि जनता डाकखाने की सेवाएं अधिकाधिक प्राप्त कर सके। परिणामस्वरूप कुछ सप्ताहों के अंदर उसने लोकसभा में एक योजना प्रस्तुत की जोकि स्वीकार कर ली गई। आपने देखा कि एक छोटी-सी घटना के फलस्वरूप डाक-दरें कम करने का क्रांतिकारी निर्णय लिया जा सका।

•

जनरल ग्राण्ट ने अपने बारे में बताते हुए कहा कि जब वे नवयुवक थे तो उनकी मां ने उन्हें पड़ोस की मार्केट से मक्खन लाने को भेजा था। मार्ग में उन्होंने सुना कि सेना में कुछ स्थान रिक्त है। उन्होंने आवेदन-पत्र भेज दिया और इस तरह उनके लिए सैनिकशिक्षा प्राप्त करने का मार्ग खुल। गया, जो आगे चलकर देश के विकट संकट के समय बहुत उपयोगी सिद्ध हुआ। जनल ग्राण्ट ने बताया कि यदि मां उन्हें मक्खन लाने के लिए न. भेजतीं, तो वह जनरल तथा प्रधान न बन पाते।

•

संयोग का जीवन में बड़ा महत्त्वपूर्ण स्थान है। एक नाव उलट गई तो अमरीका में वाशिंगटन का जन्म हुआ। सुरंग खोदने वाले की गलती से 'हरकुलेनियम' की खोज हुई। और एक नाविक की ग़लती से माडेरिया से टापू की खोज हुई।

शिकागो में एक लड़के की हथेली में काटते समय चाकू से घाव हो गया और वह जबड़े की बीमारी से दस दिन में ही इस दुनिया से चल बसा। एक आदमी अपने बिस्तर से कांटेदार तार पर कूद पड़ा। कांटा उसके पांव में चुभ गया और वह एक ही सप्ताह में मर गया। रुधिर में विष फैल जाने की बीमारी बहुत घातक है। वह प्रकट रूप में इतनी भयावह नहीं है; किंतु उसका परिणाम मरणान्तक होता है। एक दफ्तरी किसी पुस्तक के शीट मोड़ रहा था। मोड़ते समय कागज़ के कोने से रगड़ खाकर उसकी उंगली कट गई। उस छोटे-से घाव से उसके खून में विष व्याप्त हो गया, जिससे उसकी मृत्यु हो गई। एक मनुष्य को दांतों से नाखून काटने की आदत थी, उसने गलती से उंगली के मांस को चबा लिया और दो ही हफ्तों में चल बसा। कितनी छोटी-सी लापरवाही के कितने भयंकर परिणाम हो सकते हैं।

एक सज्जन की आंख में फफोला निकल आया। कई दिनों तक उसने कोई परवाह न की। जब आंख में ज्यादा पीड़ा होने लगी, तब नेत्र-चिकित्सक के पास गया, पर तब तक बहुत देर हो चुकी थी। वह उसकी आंख को बचा न सका। उसका सारा मुंह सूजकर लाल हो गया और घाव के बिगड़ जाने से उसकी एक ही हफ्ते में मृत्यु हो गई। इंग्लैण्ड के एक आदमी के सिर पर अधेड़ उम्र के माथे के अग्रभाग पर कुछ बाल सफेद हो गए, जो उसकी प्रेमिका को बड़े बुरे लगते थे। उसने अपनी प्रेमिका को प्रसन्न रखने के लिए उन्हें उखाड़कर फेंकने के लिए कहा। उसकी प्रेमिका ज्यों-ज्यों बाल उखाड़ती थी, उसकी त्वचा में जलन होती थी; किन्तु उसने इस ओर कोई ध्यान नहीं दिया। कुछ दिनों बाद वह जलन असह्य हो गई, तो उसने एक चिकित्सक को दिखाया; किन्तु उस समय तक रोग विकट हो गया था। बहुत प्रयत्न किए गए, परन्तु मृत्यु ने उसे एक ही हफ्ते में आन दबोचा।

इंग्लैण्ड की राजकुमारी एलाइस के छोटे बेटे को डिप्थीरिया हो गया। उसने अपनी मां से प्यार करने को कहा। मां ने चुम्बन किया और साथ में उसे अपने प्राण भी देने पड़े।

हंगरी देश का एक बालक माचिस जलाकर खेल रहा था। अचानक आग भड़क उठी और नेमेथी गांव के 232 घर जलकर राख हो गए।

किसी ने सच ही कहा है : "छोटी ग़लती की बुराई छोटी नहीं रहती।"

अर्थात् उसका परिणाम बहुत घातक होता है।

जीवन में आने वाली छोटी-छोटी बातें व घटनाओं पर अच्छी तरह ध्यान दीजिए और सदा स्मरण रखिए कि व्यक्ति छोटी-छोटी चिंताओं को नज़रअंदाज तो कर सकता है, लेकिन जब वह इकट्ठी होकर विकट रूप धारण कर लेती हैं तो बड़ी से बड़ी बाधाओं से भी घोरतर हो जाती हैं। फिर उन पर नियंत्रण करना कभी-कभी कठिन ही नहीं, असंभव हो जाता है। इस पर भी श्रीमान असावधान वे कुमारी घिचपिच सोचते हैं कि महान व्यक्ति केवल बड़ी बातों का ही खयाल करते हैं। वास्तविकता यह है कि जो व्यक्ति अपनी प्रकृति की छोटी-छोटी बातों पर विचार नहीं करता, जो अपनी छोटी-छोटी कमियों को नज़रअंदाज कर देता है, वह जीवन के किसी क्षेत्र में कदापि सफलता प्राप्त नहीं कर सकता।

चार्ल्स डिकेन्स की एक पुस्तक में से उद्धृत यह संदर्भ देखिएः

किसी ने पूछा, "प्रतिभाशाली कौन है?"

उसने उत्तर दिया, "वह व्यक्ति, जो अपने जीवन की छोटी-छोटी बातों पर ध्यान देता है।"

एक दिन पिट्सबर्ग में एक लंगड़ा सड़क पर जा रहा था। ज़मीन पर फिसलन थी और वह पांव पड़ते ही गिर पड़ा और उसका टोप दूर जा पड़ा। एक लड़का आगे जा रहा था। उसने टोप को ठोकर मारकर उसे दूर गली में फेंक दिया। एक दूसरा लड़का भी उसी मार्ग से गुज़र रहा था। उसने उस वृद्ध महाशय को सहारा दिया और उसका हेट उठाकर उसे दे दिया और उसे आवास तक छोड़ आया। वृद्ध महाशय ने उस नवयुवक का नाम और पता पूछा तथा बहुत धन्यवाद दिया। एक माह बीत गया। उस नवयुवक को एक हजार डॉलर का ड्राफ्ट प्राप्त हुआ। नवयुवक ने कितनी छोटी-सी भलाई की थी, किन्तु उसका परिणाम कितना बड़ा निकला!

सहानुभूति शब्द ऊपर से साधारण लगते हैं, किन्तु उन्होंने असंख्य दुःख-संतप्त व्यक्तियों के प्राणों में प्रेरणा का संचार करके संसार के नक्शे को ही बदल दिया है।

किसी छोटी से छोटी बात का महत्त्व भी कम नहीं आंकना चाहिए। इकाई का भी अपना एक महत्त्व है। गणना की गई है कि गेहूं के एक दाने से एक वर्ष में पचास दाने लगते हैं। और फिर उन पचास दानों से प्रति

दाने के हिसाब से पचास-पचास दाने उगें तो बारह वर्ष के अंत में गेहूं का वह भण्डार इतना अधिक उगा लेगा कि पृथ्वीवासियों के लिए शताब्दियों तक काफी होगा। उस एक दाने से 24, 41, 40, 62, 50, 00, 00, 00, 00, 000 दाने गेहूं पैदा हो जाएंगे। इससे आप एक बुरी इकाई और एक अच्छी इकाई के महत्त्व को समझ सकते हैं।

हमारे सूर्य का व्यास आठ लाख छियासी हज़ार (8,86,000) मील है। इस पर भी यदि हम दूर के किसी नक्षत्र से इसकी और ऐसे टेलीस्कोप से देखें, जिसके लेन्स के आगे एक पतला-सा रेशमी धागा आ जाए, तो हमें सूर्य एकदम दिखाई ही न देगा।

साहस

"मैं कितने समय तक जिंदा रह सकूगा?" कप्तान ने पूछा। जब उसने सुना कि नेपोलियन एलबी से बच गया है और फिर से पेरिस में लौट आया है।

"यद्यपि इस समय आप क्षयरोग की चरमसीमा पर चल रहे हैं तो भी यदि आप यथेष्ट उपचार कराते रहेंगे तो कुछ महीने अवश्य जी सकेंगे।" कप्तान के चिकित्सक ने कहा।

"मात्र कुछ महीने!" कप्तान चिल्लाया, "तब तो रोग की शय्या पर मरने की बजाय युद्ध में मरना बेहतर होगा।" वह फिर से अपनी टुकड़ी में जा मिला और उसने वाटरलू की विश्वविख्यात लड़ाई में भाग लिया। इस युद्ध में उसकी छाती पर एक घाव हुआ, जिससे उसके फेफड़ों की बीमारी दूर हो गई और वह कई वर्ष तक जीवित रहा।

ऐसी महान शक्ति है साहस!

•

बारहवें चार्ल्स का क़िस्सा सुनिए, जब उनके क़िले पर शत्रुओं ने चढ़ाई की तो वे अपने सचिव को पत्र लिखवा रहे थे। उनके किले पर एक बम फेंका गया। वह किले के अंदर बनी भवन की छत को फाड़कर राजा के अंतःपुर में राजा के ठीक दरबारे-खास में जा गिरा, जहां कि राजा उस समय बैठे हुए थे। इस भयानक दृश्य को देखकर सचिव के हाथ कांपने लगे और उसके हाथ से कलम छूटकर धरती पर जा गिरी।

इस पर राजा ने बड़ी निश्चिन्तता के साथ पूछा, "क्या बात है?"

"जहांपनाह , उधर बम गिरा है।"

"हां," राजा ने उत्तर दिया, "वह तो है, लेकिन उस का इस पत्र के

विषय से क्या सम्बन्ध है? तुम अपना पत्र जारी रखो।" और यह कहकर राजा पत्र पूरा करने में जुट गए।

•

पर्सिया के प्रसिद्ध जनरल जेड लिट्स तो अद्भुत साहस के एक कार्य से ही उन्नति के सर्वोच्च शिखर पर चढ़ गए। उन्हें सम्राट के साथ प्रारम्भिक सर्वेक्षण के लिए जाने का आदेश मिला। जब वे एक पुल को पार कर रहे थे तो राजा ने जेड लिट्स से कहा, "यदि इस पुल के दोनों मार्ग शत्रु के क़ब्जे में जा जाएं, तो तुम क्या करोगे?"

जेड लिट्स ने बिना एक क्षण खोए 'मैं यह करूंगा' ऐसा कहते हुए घोड़े के साथ पुल से नदी में छलांग लगा दी और देखते ही देखते वह तैरते हुए किनारे पर आ लगे। राजा ने उन्हें शाबाशी दी और मेजर के पद से सम्मानित किया। एक दिन वे सुविख्यात जनरल बने।

•

फान मोल्के एक बड़े जीवट का आदमी था। जब जर्मनों ने उसके सीमा-सुरक्षा-सम्बन्धी सुझावों को मानने से इन्कार कर दिया और वेश के आधार पर विभिन्न राज्यों की सेनाओं की व्यवस्था करने की बात न मानी, तब उसने कहा, "अच्छी बात है, तब वर्सिया को यह काम स्वयं अकेले करना होगा।" वह तनिक भी विचलित नहीं हुआ।

•

जार्ज स्टीफेंसन ने अद्भुत साहस से खानों में सुरक्षा लैम्प को शक्ति पर प्रयोग करके नया आविष्कार किया। सुरक्षा लैम्प को पूरी तरह प्रयोग करने का दृढ़ निश्चय करके वह स्वयं खाने में नीचे उतर गए। इस दुस्साहिक कार्य से उनके मित्र चकित रह गए। किसी ने उन्हें बताया कि खान ने गैस भरी है। बस, फिर क्या था, वे तुरंत इस बात का परीक्षण करने के लिए आगे चले गए। उनके दल के शेष व्यक्ति वापस लौट आए और सुरक्षित स्थान पर आकर ठहर गए।

जार्ज स्टीफेंसन शायद मृत्यु का व्ररण करने के लिए आगे बढ़ रहे थे। इसकी पूरी संभावना थी कि उनके हाथ असफलता पड़ती जोकि और भी निराशाजनक बात थी, किन्तु उनका हृदय विचलित नहीं हुआ। उनके हाथ नहीं कांपे। संकट की घड़ी आ गई। फटने वाली गैस में उन्होंने लैम्प बढ़ाया और बड़े धीरज से उसके परिणाम की प्रतीक्षा करने लगे। पहले लैम्प की

लौ क्षीण होती चली गई और अंत में बुझ गई। वायु में कोई विकार नहीं हुआ, कोई धमाका नहीं हुआ, इससे यह प्रकट हो गया कि स्टीफेंसन के लैम्प का आविष्कार सफल रहा। अब किसी खान में प्रज्वलनशील वायु को बिना ताप पहुंचाए सेफ्टी लैम्प जलाया जा सकता था। दूसरे शब्दों में, स्टीफेंसन के उस लैम्प ने कई हजार लोगों को खान में सुरक्षा प्रदान कर दी थी।

यह संसार का खानों में काम करने वाला प्रथम सेफ्टी लैम्प था।

●

एरी झील के मल्लाह जानुमेनार्ड का साहस भी अद्वितीय था। उसके जहाज़ के इंजन को आग लग गई। इस पर भी वह आग की लपटों में तीव्र गति से बढ़ता चला गया, जब तक कि उसे सुरक्षागृह से संकेत नहीं मिल गया। इस प्रयास में वह स्वयं आग की लपटों में बुरी तरह झुलस गया। परिणामतः उसकी मृत्यु हो गई, किन्तु उसने जहाज़ में बैठे हुए सभी यात्रियों के प्राण बचा लिए।

●

नारी ने पुरुषों में सदा साहस का संचार करने श्रेयस्कर कार्य किया है। पावटा नगर के एक किशोर को शिकायत थी कि उसकी तलवार छोटी है। मां ने उसे समझाते हुए कहा, "कौन कहता है कि तुम्हारी तलवार छोटी है! यह रण में निश्चित रूप से विजय प्राप्त करेगी!" ऐसी ही एक दूसरी मां ने अपने बेटे को युद्ध में प्रस्थान करते हुए यह आशीर्वाद दिया था : "अपनी तलवार व ढाल के साथ जीतकर आओ या देश पर बलि-बलि जाओ।"

पिछले युद्ध में एक महिला ने दूसरी से कहा था : "मैं एक कायर भगोड़े की पत्नी होने के बजाय एक वीर सैनिक की विधवा होना पंसद करूंगी।"

●

स्कॉटलैण्ड में दो महिलाओं को धर्म-परिवर्तन के लिए विवश किया गया, किन्तु वे अपनी आस्था पर अडिग रहीं। इस पर उन्हें डुबाकर मारने की सज़ा दी गई। उनको जल के अंदर खूटे से बांध दिया गया। अधेड़ महिला का विचार था कि उसकी नवयुवती साथिन यह दारुण यातना नहीं सह पाएगी, किन्तु आश्चर्य की बात! यह दृश्य अत्यन्त भयानक था। मौत

सिर पर मंडरा रही थी, किन्तु उस युवती के उत्साह में कोई कमी नहीं थी। वह तब तक गाती ही जब तक कि पानी उसके सिर तक न आ गया। उसके डूबने के पूर्व उसे धर्म-परिवर्तन करने के लिए एक अवसर और दिया गया, किन्तु उसने अपने विश्वास पर दृढ़ रहकर अस्वीकार कर दिया और डूबकर प्राण दे दिए।

यह साहस ही था, जिसने कठिनतम परिस्थितयों को भी हंसते-हंसते वरण कर लिया।

संसार में केवल वीरता-प्रदर्शन में ही साहस की आवश्यकता नहीं होती, अपितु हमारे दैनिक जीवन में भी इसकी उपयोगिता लक्षित होती है। ईमानदार होने के लिए भी हिम्मत होनी चाहिए। प्रलोभनों से बचे रहने के लिए भी साहस की आवश्यकता होती है। बोलने के लिए भी पराक्रम चाहिए। आपका जो वास्तविक स्वरूप है, उसे लोगों के समक्ष रखने के लिए दिलेरी की आवश्यकता होती है। और आप जो कुछ नहीं हैं, उसे स्वीकार करने के लिए भी दिल चाहिए। आपको जो साधन उपलब्ध हैं, उन्हीं के साथ ईमानदारी से जीने के लिए भी साहस चाहिए।

संसार में जो दुःख व्याप्त है, उसका अधिकांश तो इसी कारण से है। कि हम दुर्बलता व अनिश्चय से ग्रस्त रहते हैं। दूसरे शब्दों में, हममें साहस का अभाव है।

लांगफेलो ने क्या ही उचित कहा है

"अपने दरवाजे पर यह पुराना आदर्श वाक्य लिख दो–
'दृढ़ बनो, दृढ़ बनो, और हर क्षेत्र में-दृढ़–बनो,
किन्तु सीमा से अधिक दृढ़ नहीं।"

मनुष्य अपने जीवन के छोटे-छोटे संघर्षों से जूझकर ही महान कार्य करने में सफल हुआ है। ऐसे कितने ही अज्ञात वीर हैं, जो अपनी लालसाओं एवं वासनाओं के घातक प्रहारों से जूझते हुए जीवन में एक-एक इंच आगे बढ़े हैं। इस दुनिया में ऐसी कितनी ही महान एवं रहस्यमय जीतें हुई हैं, जिनको हमारी भौतिक आंख नहीं देख सकती; जिसके बदले में कोई पुरस्कार नहीं दिया जाता और जिनके स्वागत में कोई बाजे-गाजे नहीं बजाए जाते। विक्टर ह्यूगो के अनुसार साहसिकता के अनेक क्षेत्र हैं। उनका कथन है कि विपत्ति, निर्वासन, लालसा और ग़रीबी वस्तुतः जीवन-संग्राम के क्षेत्र हैं, जिनमें अनेकानेक व्यक्तियों को संघर्ष करना पड़ता है।

आत्मसंयम्

जो दूसरों पर शासन करना चाहता है, उसे चाहिए कि पहले वह अपने ऊपर शासन करे। –मैसिंगर

किसी भी व्यक्ति का स्वभाव मूलतः इतना परिष्कृत नहीं होता कि उसे उसकी ओर ध्यान देने की तथा संयम में रखने की आवश्यकता ही न हो, और न ही किसी व्यक्ति का स्वभाव इतना बुरा होता है कि उचित सुधार करने पर वह मधुर न हो जाए।

उच्चतम ख्याति के चिकित्सा-विज्ञान के एक अधिकारी विद्वान का निश्चित मत है कि क्षमता से अधिक परिश्रम, आवश्यक एवं स्वास्थ्यवर्धक भोजन की उचित मात्रा का अभाव, निरन्तर बुरा आवास, आलस्य और अधिक मद्यपान आदि मनुष्य जीवन के घातक शत्रु हैं; परन्तु इनमें से कोई भी इतना हानिकर नहीं जितना कि हिंस्र या असंयमित भावनाएं। और यह कि अनेक बार देखा गया कि पुरुष और स्त्रियां इन सब बातों के होते हुए भी चरम वृद्धावस्था तक जीवित रहे हैं, परन्तु ऐसे उदाहरण बहुत कम देखने में आते हैं कि क्रोधी स्वभाव वाले लोग चरम वृद्धावस्था तक जीवित रहे हों।

साल्टून के सुप्रसिद्ध व्यक्ति फ्लेचर महोदय अत्यन्त क्रोधी स्वभाव के थे। उनके नौकर ने सूचना दी कि वह उनकी नौकरी छोड़कर अन्यत्र जाना चाहता है। इस पर उन्होंनें बड़ी नर्मी से कहा कि वह उन्हीं के यहां लगा रहे। नौकर बोला, "श्रीमानजी, मैं आपका क्रोध नहीं झेल सकता।"

फ्लेचर महोदय बोले, "मैं मानता हूं कि मैं क्रोधी स्वभाव का हूं, लेकिन अभी मेरा पारा चढ़ा भी नहीं होता कि वह उतर जाता है।"

नौकर ने प्रतिवाद करते हुए कहा, “हां, यह तो ठीक है पर वह अभी ठीक से उतरा भी नहीं होता कि फिर चढ़ जाता है।”

मैथ्यू हेनरी ने एक ऐसे दम्पति के विषय में बताया है, जो क्रोधी स्वभाव के थे, फिर भी उन्होंने साथ-साथ रहकर सुख से जीवन-यापन किया। उनकी सफलता का रहस्य यह था कि उन्होंने यह नियम बना लिया था कि वे दोनों कभी भी एक साथ कुछ नहीं होंगे।

जब सुकरात को लगता था कि उन्हें क्रोध आने वाला है तो वे बहुत कम बोलते थे और इस तरह उसे वश में कर लेते थे। यदि आप अनुभव करते हैं कि आप आवेश में हैं तो अपना मह बंद रखिए अन्यथा आप आग बबला हो उठेंगे। कितने ही लोग क्रोध के आवेश से भर उठे और उनकी जान पर आ बनी। क्रोध के दौरे अकेले नहीं आते, वे अपने साथ रोग के दौरे लाते हैं।

जार्ज हर्बर्ट का कथन है : “बहस करते समय शान्त रहिए, क्योंकि उग्रता से एक साधारण गलती अपराध गलती बन जाती है और सच्चाई अशिष्टता का रूप धारण कर लेती है।”

एक मित्र ने दूसरे से पूछा, “आप झगड़ों से दूर कैसे रहते हैं?” दूसरे ने उत्तर दिया, “ओह, बड़ी आसानी से ! यदि कोई व्यक्ति मुझपर क्रुद्ध होता है तो मैं, सारे झगड़े का निबटारा उसी के जिम्मे छोड़ देता हूं।”

बीकन्सफील्ड से पूछा गया कि वे महारानी के कृपापात्र कैसे बने रहते हैं। उनका उत्तर था-"आप देखते हैं, मैं कभी बात नहीं काटता और कभी-कभी बात ही भूल जाता हूं।” यह नियम प्रधानमंत्री जैसे उच्च पदाधिकारियों के साथ-साथ साधारण व्यक्तियों के लिए परम उपयोगी है।

किसी राजनीतिक दल के एक अनुभवहीन, नये उम्मीदवार को एक प्रतिष्ठित राजनीतिक के पास भेजा गया, ताकि वह उसे राजनीतिक - सफलता के पाठ पढ़ाए और जनता के वोट प्राप्त करने के उपाय बताए।

उस राजनीतिक ने अपनी शर्त बताई, “जब भी तुम मेरे किसी आदेश का उल्लंघन करोगे तो तुम्हें उसका 5 डॉलर जुर्माना देना पड़ेगा।”

“बहुत अच्छा।”

“तुम कब से शुरू करना चाहोगे?” शिक्षक ने पूछा।

“अभी, इसी वक्त।”

"बहुत अच्छा; पहला पाठ यह है-अपने बारे में सुने गए किन्हीं शब्दों का भी बुरा न मनाओ। हर समय अपने ऊपर नियन्त्रण रखो।"

"ओह, यह तो मैं कर सकता हूं; लोग मेरे बारे में जो कुछ कहें, मैं उसका सामना कर सकता हूं। मैं उसकी बिलकुल परवाह नहीं करता।"

"बहुत अच्छा; यह मेरा पहला पाठ है; हालांकि सब कुछ होते हुए भी मुझे यह स्पष्ट कहना चाहिए कि मैं नहीं चाहता कि तुम्हारे जैसा सिद्धान्तहीन शैतान चुनाव जीत जाए।"

"आपकी ऐसी हिमाकत!"

"पांच डॉलर निकालो मिस्टर!"

"अरे, यह तो एक पाठ है न!"

"हां-हां, यह एक पाठ है; परन्तु जो शर्त मैंने कही, वह इस पर लागू होगी।"

"धूर्त कहीं के!"

"पांच डॉलर और, मिस्टर!"

"अरे, अरे!" उसका मुंह खुला रह गया। "एक और पाठ! इससे तो इतनी जल्दी दस डॉलर जुर्माना हो गया।"

"हां, दस डालर; और चूंकि आप ऋण लेकर न लौटाने के लिए बदनाम हैं, इसलिए यदि आप बुरा न मानें तो अभी दे दीजिए, अन्यथा..."

"ओं दोज़ख के शैतान!"

"पांच डॉलर और, मिस्टर!"

"अरे, एक और पाठ! अच्छा, अब मैं अपना सन्तुलन नहीं खोऊंगा।"

"ठीक है, मैं देखता हूं। वैसे सचमुच मेरा यह आशय नहीं था, क्योंकि मैं समझता हूं कि तुम एक सम्माननीय व्यक्ति हो, विशेषकर यह देखते हुए कि तुम कितने निर्धन परिवार से सम्बन्ध रखते हो और तुम्हारा पिता कितना बदनाम आदमी था।"

*ओ, नामी गुंडे!"

"पांच डॉलर और, मिस्टर!"

आत्मसंयम का यह पहला पाठ था, जिसकी उसे इतनी ज्यादा कीमत चुकानी पड़ी।

"अब?" उस प्रतिष्ठित राजनीतिज्ञ ने कहा, "यह बात अच्छी तरह अपने मन में उतार लो कि जब भी तुम क्रोध करते हो; अथवा अपनी

निन्दा सुनकर बुरा मनाते हो तो तुम पांच पौंड का एक नोट नहीं, अपितु कम से कम एक वोट खो देते हो, और तुम्हारे लिए वोटों का मूल्य बैंक के नोटों से कहीं अधिक है।"

बच्चों को छुटपन में ही यह सिखा देना चाहिए कि धैर्य, स्थिरचित्त और सच्चे सन्तोष से जो शक्ति प्राप्त होती है, उसके द्वारा शरीर को रोगों से दूर रखा जा सकता है। उसके मन में यह बात बैठा देनी चाहिए कि शुद्ध, स्वच्छ जीवन, सदाचरण और प्रसन्नचित्तता ऐसी अकसीर दवा है, जैसी कोई भी वैद्य या हकीम नहीं दे सकता। उन्हें यह भी समझा देना चाहिए कि अनैतिकता, बुरे विचार, विषाक्त कल्पनाएं व्यक्ति के आचार-विचार में असन्तुलन पैदा कर देती हैं-उसके शरीर को विषमता का आगार बना देती हैं-जो छिपे-छिपे शरीर में रोग को जन्म दे सकता है, अथवा शरीर की रोग-प्रतिरोधी क्षमता को घटा देता है।

साधारण स्त्री-पुरुषों के जीवन में सहसा उठे क्रोध के दौरों से जितनी अधिक क्षति होती है, उतनी और किसी चीज़ से नहीं।

स्वभाव का अंग बने आत्मनिग्रह से मिलने वाली शान्ति कितनी मधुर होती है। यह हमें आत्मग्लानि से बचा लेती है। जो मनुष्य उत्तेजना के क्षणों में भी एक शब्द तक न बोले, या फिर बिना विचलित हुए उसे विनोद में उड़ा दे, तो उससे अधिक सुखी कौन है? इसके विपरीत, जब मनुष्य को पता लगे कि उसके शब्द, मुखाकृति अथवा क्रिया ने उसके क्रोध को। प्रकट कर दिया है तो उसकी सी ग्लानि और किसे होगी? छोटी-छोटी बातों से चिढ़ होना आचरण की सबसे बड़ी कमज़ोरी है। सच पूछा जाए तो मानव-चरित्र के लिए यह नुकीली बजरी के समान है, जो देह को छेद डालती है; यह न केवल मनुष्यरूपी समूचे यंत्र की चूले ढीली करती है, बल्कि उन्हें एकदम काट डालती है।

एक दुकानदार अपनी धैर्यवृत्ति के लिए प्रसिद्ध था। एक दिन किसी व्यक्ति ने उसकी परीक्षा लेने की ठानी। उसने दुकानदार से कपड़ा दिखाने को कहा, और वह भी आधी दर्जन किस्मों और रंगों का। देखते-देखते ऐसे लगा, जैसे उसे कपड़ा पसंद आ गया हो-"इसीको मैं ढूढ़ रहा था। अब आप इसमें से एक सेंट का कपड़ा मुझे दे सकते हैं। दुकानदार विचलित होने वाला न था। उसने एक सेट का सिक्का निकाला। उतना कपड़ा काटा, जिससे वह सिक्का पूरा ढक जाए, फिर उस कपड़े के ज़रा-से

टुकड़े कों कागज में लपेटा और ग्राहक को थमा दिया!

स्त्रियोपयोगी विषयों की एक प्रमुख लेखिको पूछती है, "क्या कोई ऐसी माता अपने बच्चे पर नियंत्रण रखने की आशा रख सकती है जोकि अपने ऊपर नियंत्रण न रख सकती हो?" परिवार पर नियंत्रण वस्तुतः घर से ही प्रारम्भ होता है। पहले मां-बाप को अपने ऊपर नियंत्रण करने का अभ्यास परमावश्यक है; उसे अपने बच्चों के आगे नम्र और निश्छल स्वभाव का उदाहरण रखना चाहिए, और यदि वह ऐसा नहीं कर सकती तो उसे यह भी याद रखना चाहिए कि अपने बच्चों की दुर्भावनाओं को दूर करने के उसके सारे प्रयास विफल हो जाएंगे।

जासूसों में उच्चतम कोटि का आत्मसंयम देखने में आता है। क्यों न हो, क्षण-भर की असावधानी उन्हें फांसी जो दिला सकती है। एक जासूस ने पकड़े जाने पर गूंगा-बहरा होने का अभिनय किया। बड़ी सूझबूझ से अनेक युक्तियां अपनाई गई, परन्तु वह गूंगा-बहरा ही बना रहा, अंत में वे बोले, "अच्छा तुम जा सकते हो।" पर उसने इस बात का लेशमात्र भी संकेत नहीं दिया कि वह यह जानता है कि उसकी अग्निपरीक्षा हो चुकी है। फिर उन्होंने कहा, "यह सचमुच गुंगा-बहरा या फिर एक मूर्ख है।" उस जासूस के अटूट आत्मसंयम ने उसकी गर्दन को फांसी के फंदे से बचा लिया।

आत्मनियंत्रण मन एक स्वतंत्र मन है, और स्वतंत्रता शक्ति है।

अब्राहम लिंकन अपने बाल्यकाल में बड़े चिड़चिड़े और झगड़ालू प्रकृति के थे; परन्तु उन्होंने अपनी चित्तवृत्तियों पर संयम करने का सतत अभ्यास किया, फलतः वे अत्यन्त शान्त प्रकृति के हो गए, और उनका व्यक्तित्व निखर उठा और वे कोमल भावनाओं से भर गए।

उच्छृखलता अथवा मनमाने आचरण से किसी व्यक्ति को आज तक लेशमात्र भी भला नहीं हुआ। यह इन्सान की कमज़ोरी की निशानी है। इससे कोई भी व्यक्ति कभी अधिक सम्पन्न, अधिक प्रसन्न और अधिक बुद्धिमान नहीं हुआ। स्वेच्छाचारी व्यक्ति का दूसरों के बीच स्थान नहीं बनता। इससे व्यक्ति सभ्य समाज में अनादर एवं निंदा का पात्र बन जाता है।

सम्यक् आत्मसंयम का अर्थ है-अपने मन पर ऐसा नियंत्रण जैसा कि कोशकार **राबर्ट एन्सवर्थ** को था। जब उनकी पत्नी ने क्रोध के आवेग में उनकी भारी-भरकम शब्दकोश की पाण्डुलिपि को आग की लपटों के हवाले

कर दिया, तो वे एकदम शान्त रहे; वे अपनी मेज़ की ओर मुड़े और कोश-निर्माण के अपने श्रमसाध्य कार्य में नये सिरे से जुट गए।

यदि आप किसी व्यक्ति की सामर्थ्य का जायजा लेना चाहते हैं तो उसकी आत्मसंयम की शक्ति को परखिए न कि उन लालसाओं को, जिन्होंने उसे अपने वश में कर रखा है।

"क्या आपने कभी ऐसे व्यक्ति को नहीं देखा, जिसे घोर अपमान सहना पड़ा हो, जिससे क्षण-भर के लिए वह कुछ पीला पड़ा हो और तब उसने बड़े धीरज से उत्तर दिया हो? या आपने कभी ऐसे आदमी को नहीं देखा, जो दारुण व्यथा में डूबा हुआ हो और इस पर भी अपने ऊपर नियंत्रण करके ठोस चट्टान की तरह निर्द्वन्द्व खड़ा हो?–अथवा ऐसे किसी व्यक्ति को आप नहीं जानते, जो व्यावहारिक जीवन में दैनिक परेशानियों को चुपचाप सहता चला जाता हो और दुनिया को पता ही न लगने दे कि उसके घर की शान्ति को किन कष्टों ने नरक बना रखा है? उन लोगों की सहने की इस भावना को 'शक्ति' कहते हैं। जो प्रबल लालसाओं के होते हुए भी पवित्र रहे; जिसे उत्तेजित किया जा सके, क्योंकि वह बहुत भावुक है और राग-द्वेष से पूर्ण है तथा दूसरों को हानि पहुंचा सकने की सामर्थ्य रखता है, फिर भी जो अपने को वश में करके क्षमा कर दे, वही है बहादुर आदमी-वही है आध्यात्मिक वीर पुरुष!

जीवन की शीला

"मोची, मोची, रात-भर काम कर और दिन-भर उछल-कूद!" एक छोटा-सा बालक राजनीतिक सैमुएल डु,यू के किवाड़ की दरार में से चिल्लाया। जबकि सैमुएल पिछले दिन राजनीतिक चर्चा में खोए हुए समय की पूर्ति के लिए बहुत रात तक काम कर रहा था। बाद में जब डू, यू ने यह कहानी सुनाई तो उसके मित्र ने पूछा, "तो तुम उस लड़के के पीछे दौड़े नहीं और उसे पीटा नहीं।"

"नहीं, नहीं," उसका उत्तर था, "यदि मुझपर गोली दाग दी जाती तो भी मैं इतना भयभीत और हतप्रभ न होता। मैंने अपना काम छोड़ दिया और अपने-आपसे कहा, "तुम्हारा कहना बिलकुल सच है, परन्तु मेरे विषय में ऐसा कहने का तुम्हें दुबारा अवसर नहीं मिलेगा।' मेरे लिए उस बालक के शब्द ईश्वरीय वाणी थे और मैंने जीवन-भर उन शब्दों को गांठ में बांध रखा है। मैंने उनसे प्रेरणा ली कि आज का काम कल के लिए नहीं छोड़ना चाहिए। और यह भी कि काम के समय निठल्ला नहीं बैठना चाहिए।"

सैमुएल डू यू ने उसी क्षण से राजनीति की व्यर्थ चर्चा करने की आदत को छोड़ दिया और इस तरह वह व्यवसायी बना; साथ ही एक विद्वान और लेखक के रूप में प्रसिद्ध हुआ।

एरैगो नामक एक छात्र गणित की एक पाठ्य-पुस्तक की जिल्द बांध रहा था। उसनें रद्दी कागज़ के उस टुकड़े को पढ़ा, जिसे वह उसे पुस्तक की जिल्द पर चिपकाना चाहता था, तो उसे ये शब्द पढ़ने को मिले-"आगे बढ़ो श्रीमान, आगे बढ़ो। जैसे-जैसे तुम बढ़ोगे, तुम्हारी कठिनाइयां अपने-आप दूर होती जाएंगी। बढ़ते जाओ और तुम देखोगे कि प्रकाश उदित हुआ है और उसने उत्तरोत्तर मार्ग को आलोकित कर दिया है।"

यह एक पत्र की नकल थी, जो कि **डी' एलम्बर्ट** ने नवयुवक मित्र को लिखा था; परन्तु ऐरैगो ने इसे अपने जीवन का आदर्श बना लिया और वह आगे चलकर अपने युग की चोटी का ज्योतिर्विद बना। उसी के अपने शब्दों में, "यह सूक्ति गणित में मेरी सबसे बड़ी निर्देशक थी।"

"हमारी प्रतिकूल परिस्थिति वास्तव में हमारी सहायक है।" **एडमंड बर्क** का कथन है: "कठिनाइयों से संघर्ष हमें अपने ध्येय से अच्छी तरह परिचित करा देता है और हमें विवश करता है कि हम उसके पहलू पर गौर करें। यह हमें सतही बने रहने की अनुमति नहीं देता।"

कूपर-प्रतिष्ठान के महासंस्थापक ने प्रतिष्ठान की शिला पर निम्नलिखित शब्द खुदवाए थेः "इस संस्थान को खड़ा करके जिस महान उद्देश्य की पूर्ति की मेरी इच्छा है, वह यह है कि हमारे नगर एवं देश के युवकों के लिए वैज्ञानिक जानकारी के रास्ते खोल दिए जाएं और प्रकृति-रूपी पुस्तक को इस प्रकार उद्घाटित किया जाए कि युवक दुनिया की सुन्दरता को देख सकें। उसके आशीर्वाद से आनंदित हो सकें।"

चार्ल्स नॉरदोफ का कहना है कि माता-पिता का वह लाड़ला लड़का सर्दियों में आग के पास बैठा रहता है जबकि और लड़के खेलते रहते हैं; जो सुबह देर तक सोता रहता है और जिसकी जेबें मिश्री से भरी होती हैं; जो उस समय तक पानी में नहीं जा सकता, जब तक वह तैरना न सीख ले और जिसकी अनमोल जिंदगी उसके माता-पिता के लिए ही है; वह अपने ऐसे पड़ोसी बालक पर तरस खा सकता है, जो नंगे पैर ही, इधर-उधर दौड़ता फिरता है; गौओं को चारा खिलाने के लिए प्रातःकाल उठ खड़ा होता है, जिसके पास पहनने के वस्त्र बहुत थोड़े हैं और मिश्री है ही नहीं, और जिसे अपने भोजन को प्राप्त करने के लिए काम करना पड़ता है। परन्तु समस्त मानव-अनुभव और समग्र इतिहास इस बात के साक्षी हैं कि परिश्रमी लड़के में एक उपयोगी आदमी बनने की और संसार में एक सम्मान्य व्यक्ति के रूप में उभरने की संभावना कहीं अधिक है। प्रकृति काहिली को शाप देती है, चाहे वह अमीरों में हो या ग़रीबों में।

विद्यार्थी को महाविद्यालय में फॉर्म, नियमावली तथा गाइड आदि वस्तुएं मिलती हैं, परन्तु शक्ति और दृढ़ता को क्रियाशील और सक्रिय संसार में सम्पर्क स्थापित करके ही प्राप्त करनी होगी।

उत्तरी अमेरिका के लोग अपनी ऊर्जा, सतत श्रम और कुशाग्र बुद्धि

के लिए विख्यात हैं, तो दक्षिण अमेरिका के निवासी प्रसिद्ध हैं अपने आलस्य, अंधविश्वास तथा अज्ञान के लिए।

यदि आप ख्यातिप्राप्त अमेरिका के इतिहास पर दृष्टिपात करें तो आप पाएंगे कि जो व्यक्ति योग्यतम निकले तथा जो संख्या में सबसे अधिक हैं, उनका जन्म पथरीले पर्वतीय प्रदेश न्यू इंग्लैंड में ही हुआ था।

अमेरिका के महानतम वक्ता, कवि, प्रचारक, कलाकार और आविष्कारक यांकी लैंड (अर्थात् उत्तरी संयुक्त राज्य अमेरिका) के निवासी हैं। एक छोटी-सी पुस्तक प्रकाशित हुई है, जिसमें लेखक ने पूरे 191 प्रसिद्ध पुरुष एवं नारी कलाकारों, वक्ताओं, कवियों और गद्य-लेखकों का विवरण दिया है। अमेरिका के पर्वतीय क्षेत्र में पैदा हुए, या जिन्होंने वहां निवास किया, वहां वक्तृता की, या कुछ लिखा अथवा किसी और तरह प्रसिद्ध हुए। क्या कोई मैदानी इलाक़ा है, जो ऐसा कीर्तिमान दिखा सकता हो?

बीचर ने कहा है कि समाचारपत्र जनसाधारण के अध्यापक हैं। एक ऐसा खज़ाना, जो सोने की अनगिनत मोहरों से भी बड़ा है।

दैनिक समाचारपत्र एक ऐसा चमत्कार है, जो मूल्य में एक साधारण डाक-टिकट के बराबर होते हुए भी एक पूरी सेना की सेवाएं प्रदान करता है।

औसत दरजे के समाचारपत्र का स्तर साधारण बोलचाल के स्तर से ऊंचा होता है। इसकी भाषा कभी-कभार कड़ी और रूखी होती है, परन्तु यह नियम-सा बन गया है कि इसमें न तो गालियां होती हैं और न ही इसकी भाषा गन्दी और बाज़ारू होती है। दूसरों के कष्ट और दुर्भाग्य से अवगत कराकर समाचारपत्रों में हमारी उदारहृदयता को बढ़ावा दिया है और मनुष्यमात्र के लिए हमारी सहानुभूति को जगाया है।

बच्चों की हर जगह सुन्दरता देखने की और प्रकृति के विशाल पट में सृष्टि की महान कविता को पढ़ने की शिक्षा देनी चाहिए। निर्मल हृदय व्यक्ति के लिए प्रकृति की सभी वस्तुएं सर्वशक्तिमान परमेश्वर की चित्रलिपि हैं, जिसके द्वारा वह सृष्टि की कहानी तथा मनुष्यमात्र के लिए अपना सन्देश अंकित करता है।

प्रकृति के नियमों का पालन करें तो वह हमें उपहार-रूप में स्वास्थ्य, हंसी और खुशी प्रदान करती है, और उसके नियमों का उल्लंघन करें तो वह हमें दुःख-दर्द देती है, ताकि हम उसके नियमों का पालन करने

का प्रेरणा ग्रहण करें। ठीक इसी प्रकार हमारे अन्दर की महान संभावनाओं के बीच को, जिसे प्रकृति ने स्वयम् ही बोया है, अंकुरित और विकसित करने की प्रेरणा देने के लिए उकसाती है, जिसमें सभी महान, दैवी आशीर्वाद निहित हैं, और रास्ते की थकावट को भुलाने के लिए वह हमारे सामने ऐसे आकर्षक प्रलोभन रखती है, जिनके हम इतनी समीप जा सकें कि उन्हें छू भी सकें; परन्तु कभी भी उन्हें पा न सकें।

युवक को यौवन के प्रलोभनों से हटाकर अपनी ओर आकृष्ट करने के लिए प्रकृति के पास और है भी क्या, सिवा इसके कि वह उसकी कल्पना के सम्मुख भविष्य के दैवी सुख और महानता के ऐसे चित्र रखे, जो स्वप्न में भी तब तक उसका पीछा न छोड़े जब तक कि वह उन्हें साकार कर लेने का निश्चय न कर ले? जिस प्रकार माता अपने बच्चे को चलना सिखाने के लिए एक खिलौने को दूरी पर उठाकर रखती है, इसलिए नहीं कि बच्चा खिलौने तक पहुंच जाए, बल्कि इसलिए कि उसकी मांसपेशियां विकसित हों, ठीक इसी प्रकार प्रकृति जीवन में आगे-आगे चलती है-हमें ऊंचे और फिर उससे भी ऊंचे खिलौने का प्रलोभन देती हुई, पर सदा केवल एक ध्येय को सम्मुख रखकर; और वह ध्येय है-मनुष्य का विकास।

जब हम उस वस्तु को पा लेते हैं, जिसे प्रकृति ने हमें बहुत दूर दिखाया था, तो वह एक और उपहार का प्रलोभन देती है, जो और भी ज़्यादा आकर्षक होती है। यदि हम इस उपहार की प्राप्ति के लिए श्रद्धापूर्वक प्रयास करते रहते हैं तो हमारी आंखें उस वरदहस्त की एक झलक पाने के लिए खोल दी जाती हैं, जो हमें आगे बढ़ने और ऊपर चढ़ने का संकेत करता है। और तब हमारे पुढे आने वाले संघर्ष के लिए और भी बलवान हो जाते हैं। जो वाणी बहुत धीमी है, उसे सुनने के लिए हमारे कान बहुत तेज़ हो जाते हैं, और हमारी प्रत्येक ज्ञानेन्दिय अनुशासन के लिए प्रखर हो उठती हैं।

हमारी जाति का सबसे बड़ा शिक्षक परिश्रम है। यह हमारी जीवनरूपी सेना को बड़ी कवायद देता है, जिसके बिना धावा बोलने के लिए आदेश मिलने पर हम हतप्रभ और सुस्त होते। उद्योग भी कैसा शिक्षक है! यह हमें परम्पराप्राप्त शिक्षकों और पुस्तकों से दूर हटा लेता है और संसार के महान विद्यालय में हमें ला खड़ा करता है-मनुष्यों और पदार्थों के वास्तविक सम्पर्क में। तब बुद्धियों की आपसी टकराहट से व्यावहारिक

जीवन के तीखे किनारे रेते जाते हैं और आचरण में चमक आ जाती है। यह हमें धैर्य, अव्यवसाय, अक्रोध और श्रम की शिक्षा देता है; प्रतिदिन और प्रतिघंटे अधिकाधिक कार्य के लिए मजबूर करके यह हमें प्रणालीबद्ध काम करने की विधि सिखाता है। उचित और तुरन्त निर्णय लेने की क्षमता किसी भी उद्योग की मूलभूत आवश्यकता है। इससे हाज़िरजवाब तथा कार्यकारी अनुभव वाले सच्चे व्यक्ति तैयार हो जाते हैं।

मानव स्वभाव से ही सुस्त है। उसके आत्मोत्थान में बड़ी रुकावट वह जड़ता है, जो आराम के जीवन और उत्तराधिकार में मिली सम्पत्ति से उत्पन्न होती है। उनकी इस जड़ता को तथा की आवश्यकता होती है। जो भी चीज़ युवक को अपने मार्ग पर आगे बढ़ने की इच्छा को कम करती है, वह उसकी सफलता की सम्भावना को पंगु बना देती है। ग़रीबी सदा ही वह अमूल्य बल या सहारा रही है, जिसके लगने पर आदमी अपने ध्येय की ओर आगे बढ़ा है।

ओ अवांछित कहे जाने वाले अभाव! तू ही हमारी जाति का महान गुरु है। तूने अन्धकार में से इन्सानों को निकलने की शिक्षा दी है, और तू ही उन्हें कठिनाइयों के बियाबान जंगल में मार्ग दर्शक करके आशा के भव्य लोक में ले गया। तूने कितनी महान आत्माओं एवं कितने निःस्वार्थ, एकनिष्ठ उपासकों को प्रकट किया है!

सच्चाई और दिखावा

अपने-आपको बढ़-चढ़कर समझना एक दोषपूर्ण एवं हास्यास्पद कल्पना है। जिसे दूसरे सहन नहीं कर सकते।

ओलिवर क्रामवेल ने एक चित्रकार को अपना पोर्ट्रेट बनाने को कहा। चित्रकार ने पहले तो क्रामवेल की शक्ल-सूरत के अनुसार चिंत्र बना दिया। बाद में जहां-जहां आकृति- भद्दी लग रही थी, वहां ब्रश से ठीक करने लगा। जब क्रामवेल ने देखा तो उसने बौखलाकर कहा, "मेरी जैसी शक्ल है, वैसी हूबहू बनाओ, वरना मैं तुम्हें एक भी पैसा नहीं दूंगा।"

वैजडड एक कुम्हार से ऊंचे उठकर एक प्रतिष्ठित पोटरी का स्वामी बना था। जब कभी कुछ घटिया किस्म के बर्तन वन जाते तो वह उन्हें सहन नहीं कर पाता था। वह बर्तनों को तोड़ देता और फेंकते हुए कहता, "कम से कम वेजडेड के यहां ऐसा नहीं चलेगा।" वेजडड का ऐसा चरित्र विश्वव्याप्त प्रतिष्ठा का कारण बना।

"मनुष्य की प्रतिष्ठा एक परछाईं की भांति है, जो कि कभी उसके पीछे चलती है और कभी आगे। किसी समय वह मनुष्य से छोटी होती है, किसी समय उससे लम्बी।"

यदि मनुष्य के पीछे उसका चरित्र नहीं होता, तो एक समय उसकी प्रसिद्धि नष्ट हो जाती है। एक सच्चा चरित्र प्रसिद्ध जीवन-रूपी वृक्ष की प्राण शक्ति है, जो तना, शाखाओं और पत्तों का सतत् विस्तार के रूप में प्रकट करता है। जे.पी. हॉलैण्ड का कथन है : "चरित्र मनुष्य के अन्दर रहता है और प्रसिद्धि उसके बाहर।"

एक अमरीकी विचारक का कथन है : "यह छल-कपट का युग है। हाय! हमारे आदर्श धोखाधड़ी से पूर्ण हैं। हमारे नेता, हमारे राजनीतिज्ञ,

हमारे विज्ञान सभी खोखले और विडम्बनाओं से भरे हुए हैं। हमारे विद्यालय धोखे की टट्टी हैं।" क्या पिछली पीढ़ी का यह आक्रोश आज भी यही नहीं है?

साउथी का कथन है : "जो लोग, दुनिया जैसी दिखाई देती है, उसके अनुसार अपनी धारणा बना लेते हैं, वे सच्चाई के बारे में बहुत कम जान पाते हैं।"

इमर्सन का कथन है: "हमारा जैसा असली रूप होता है, दुनिया में वैसा ही हमारा मूल्यांकन होता है। हमारी इच्छाओं से ऊपर चरित्र हमारा मार्गदर्शन करता है। लोग समझते हैं कि वे अपने गुणों या अवगुणों की छाप अपनी बाहरी क्रियाओं से दूसरों पर डाल सकते हैं। उन्हें यह मालूम नहीं होता कि व्यक्ति के गुण और अवगुण मनुष्य की सांसों के साथ प्रशिक्षण घुले-मिले रहते हैं उन्हें ऊपर से आरोपित नहीं किया जा सकता।

कुछ होने का दिखावा करने की बजाय कुछ होना अधिक, सुगम है-कुछ शक्तिसंचय करना अधिक सरल है बजाय इसके कि अपने अंदर जो कमियां हैं, उनको छिपाया जाए।

डॉक्टर लिविंग स्टोन को एक बार अफ्रीका के भीतरी भाग में यात्रा करने का अवसर प्राप्त हुआ। उन्हें ऐसे कुछ आदिवासी मिले, जिन्होंने कभी दर्पण में अपना मुंह नहीं देखा था। ऐसे कुछ लोगों ने जब दर्पण में अपने चेहरे देखे तो आश्चर्य से चिल्ला उठेः

"अरे, मैं कितना भद्दा दिखाई देता हूँ!"

"अरे, इतना विचित्र इंसान!"

"अरे, कैसी सुन्दर है मैरी नाक!" आदि

इसी प्रकार जब सत्यता के दर्पण में पहली बार अपने हृदयों को देखते हैं, तो चकित रह जाते हैं।

कुछ दुश्चरित्र लोग कई बार अच्छी ख्याति जुटा लेते हैं। कमल को फूलों में सर्वश्रेष्ठ माना जाता है, पर इसमें कोई गंध नहीं होती। गरुड़ पक्षियों का राजा कहलाता है, यद्यपि उसकी शक्ल-सूरत बेढंगी होती है। और वह गा भी नहीं सकता। देवदार (साइप्रस) सबसे अच्छा वृक्ष माना जाता है, यद्यपि उसपर फल नहीं लगते।

कारागार में कैदी सैनिकों को अपने घर गुप्ता लिखने की आज्ञा नहीं थी। वे जो कुछ लिखते थे, उसे सेंसर किया जाता था। सम्बन्धित अधिकारी उन पत्रों को खोलकर पूरा पढ़ते और यदि पत्र में कोई आपत्तिजनक बात न होती तो उन्हें यथास्थान भिजवा देते। एक कैदी ने अपना गुप्त संदेश भेजने का रास्ता निकाल लिया। जिस समाचार को वह अफ़सर से पढ़ाना चाहता था, वह मोटे अक्षरों में स्याही से लिख डाला और जिस गुप्त संदेश को उसे घर पहुंचाना था, उसे नीबू के रस अथवा किसी अदृश्य द्रव से पंक्तियां के बीच खाली जगह पर पूरा का पूरा लिख डाला। बीच में सेंसर ऑफिसर ने देखा तो उसे कुछ दिखाई नहीं दिया। केवल स्याही से लिखे अक्षर उसकी आंखों में चकमते रहे। जब तक वह पत्र सैनिक के घर न पहुंचा और उसे आग पर न रख दिया गया, तब तक रहस्यमय स्याही का संदेश प्रकट न हुआ। यदि कुछ सप्ताहों और महीनों के बाद कोई व्यक्ति उस रहस्य को जानने के लिए आंच दिखाता तो उसे रहस्य ज्ञात हो सकता था।

जिस बात को हम दूसरे लोगों पर प्रकट करना चाहते हैं, उसे बड़े सधे हुए हाथों से लिखते हैं और हम चाहते हैं कि लोग उनको अवश्य समझें। किन्तु अपनी सच्ची राय, अपने सही मंतव्य, अपने सच्चे मूल्यांकन और संक्षेप में कहें तो अपनी अधिकांश जीवन-कथा हम लाइनों के बीच में लिखते हैं, और यह आशा करते हैं, लोग आंच दिखाकर हमारे हृदय की सच्ची कहानी को पढ़ न पाएं। किन्तु जो पक्तियां एक बार लिख दी जाती हैं; लेकिन चकमक पत्थर की चिंगारी की तरह वे एकदम बाहर निकलने को आतुर रहती हैं। क्षणिक आवेग में या बेसमझी में किए हुए कार्य प्रायः वर्षों पुरानी बातों को उघाड़कर रख देते हैं। जूडास पर किसी को भी विश्वासघात का संदेह नहीं था, किन्तु जब उसके द्वारा चुराई हुई धन की गठरी मिली तो पता चला कि वह चोर था।

हम दूसरों को धोखा देने का कितना ही प्रयत्न क्यों न करें, हमारी आत्मा की आवाज़ हर सत्य को प्रकट करने के लिए मुखर रहती है। **स्वेडन बर्ग** आध्यात्मिक लोगों के एक ऐसे समूह के बारे में उल्लेख करते हैं, जो ऐसे आदर्शों को प्रचारित करते थे, जिसमें उनका कतई विश्वास नहीं था। इस दिशा में उन्होंने भरसक प्रयत्न किया, परन्तु अपनी खोखली बात को लोगों के गले तक न उतार सके।

इमर्सन का कथन है: "जीवन की महान व्यवस्था में छल-छल को छिपाया नहीं जा सकता। हमारे विचारों का प्रत्येक अपवित्र, बुरा और गंदला तागा जीवन के दुशाले में स्पष्ट झलकता है और हमारे चरित्र के विरुद्ध सदा-सदा के लिए गवाही देता है।"

हम अपने दुर्गुणों को बहुत देर तक छिपा नहीं सकते। प्रत्येक विचार, जो हमारे हृदय में प्रविष्ट होता है, हमारे चरित्र पर अपने हस्ताक्षर छोड़ जाता है। हमारे संशय, हमारे दूषण हमारी कमजोरियों को प्रकट करते हैं। वे हमारे जीवन में संगमरमरी पत्थर में इस तरह खुदे हुए हैं, जिन्हें कोई भी आसानी से पढ़ नहीं सकता, और न ही हमारे यौवन के पापों को पचासों बरसातों की वर्षा धो सकती है।

युवकों की उन्नति के मार्ग में संभवतः सबसे बड़ी बाधा यह है कि उनमें जितनी पात्रता होती है, वे अपने-आपको उससे कहीं अधिक बढ़-चढ़कर समझते हैं। हम इस तथ्य को भूल जाते हैं कि देर या सवेर दुनिया इस बात को जान लेती है कि हमारा योगदान कितना है और हम अपने-आपको किस खेप में प्रस्तुत करते हैं। कदाचित् आज नहीं, संभवतः कल भी नहीं, लेकिन अंततः हम जितने के योग्य होते हैं, हमारा उतना ही मूल्याकंन किया जाता है। हमारी पात्रता हमारी छाया की तरह हमारा पीछा करती है।

संसार में अपनी सफलता की दिशा में अपने सच्चरित्र के महत्त्व पर विचार कीजिए। यदि एक युवक अपने प्रशिक्षणकाल या अपनी क्लर्की के निर्दिष्ट समय को अच्छे आचरण के साथ पूरा कर लेता है तो उसका जीवन सफ़लता की ओर अग्रसर हो जाता है। उसकी यह प्रतिष्ठा किसी सम्पत्ति से कम नहीं। उस प्रतिष्ठा से उसके चारों ओर मित्र आ जुड़ते हैं। वह पैसा अर्जित कर सकता है; हर कोई उसकी मदद करने को तैयार रहता है। इस तरह उसके लिए धन-संपदा, मान और सुख को प्राप्त करने का सरल मार्ग खुल जाता है।"

"ऊंचा सोचिए, ऊंचा उठने का यत्न कीजिए, ऊंचाई की और देखिए और ऊंचे उठकर जीने का यत्न कीजिए।"

आप जो कुछ करते हैं, उसमें अपने मन को पूरी तरह से जुटा दीजिए। यदि आपका मन बहुत तुच्छ है, आपके शब्दों में कोई शक्ति नहीं है, तो आपका प्रभाव वजनदार नहीं होगा यदि आपका मन सच्चा और

महान है, पवित्र और दयालु है, उत्साही और सशक्त है तो आपके प्रयासों में ओज होगा, आपकी लेखनी आग उगलेगी, आपके कार्य, कार्य का दायरा और आपके प्रभाव में सम्मोहन-शक्ति आ जाएगी। ऐसी स्थिति में आप जो सोचेंगे, कर सकेंगे।

यह एक अटल नियम है कि जो तत्त्व अधिक समर्थ होता है, वहीं जीवित रहता है। केवल सच्चे और पवित्र-हृदय लोग काल-चक्र में टिक पाते हैं। संसार में जो कुछ असत्य, अपवित्र और गंदला है; जो कुछ बनावटी और दिखावटी है; जो कुछ नकली है, वह सब टिक नहीं पाता; विनष्ट हो जाता है।

सत्पुरुष एक दृढ़ वटवृक्ष के समान है, और बहुत बनने वाले व्यक्ति का अस्तित्व मुखौटे के अतिरिक्त कुछ नहीं है। वह संसार को अपने स्वार्थों की पूर्ति में लगाना चाहता है, जबकि पहला संसार की भलाई में अपने-आपको जुटाना चाहता है।

कार्लाइल ने बड़े जोरदार शब्दों में कहा है : *अपने मुखौटे उतारो, ताकि हम तुम्हारे सच्चे स्वरूप को जान सकें। तुम्हारे हास्यास्पद, झूठे आडम्बर व दम्भ-भरे विचारों और थोथी कल्पनाओं को अच्छी तरह पहचान सकें। तुम्हारा जो सच्चा स्वरूप है, उसको हमें दिखाओ; अपने असली विचारों से परिचित कराओ तुम जो कुछ हो, उसी पर अडिग रहो; तुममें जो कुछ है, उसी पर टिके रहने का साहस बटोरो, ताकि तुम असत्यस्वरूप से बचे रहो।

हम कितने ही विवेकशील क्यों न हों, कभी-कभी हमारा हृदय अनायास ही हमारे गुप्त विचारों को प्रकट कर देता है। हमारे प्रयत्नपूर्वक किए हुए कार्य हमारे उस स्वरूप को प्रकट करते हैं, जैसाकि हम दूसरों के सामने आपको प्रकट करना चाहते हैं। किन्तु हमारे अनायास किए हुए कार्य हमारे उस स्वरूप को प्रकट करते हैं जोकि वस्तुतः हम हैं। हम अपने हृदयों में ही जीवन के महान संग्राम लड़ते हैं; किन्तु दूसरे लोग ऐसे संघर्षों के विषय में केवल उतना जानते हैं, जितने प्रकट रूप में हुए हों-हम प्रकटतः उनमें जीते हों या हारे हों, हमारे विचार आकार ग्रहण करते हैं हमारे कार्यों में। हम जो कुछ सोचते हैं, वैसा हम बन जाते हैं।

एक पारसी संत फटे-पुराने चीथड़ों में एक समारोह में भाग लेने गए। किसी ने भी उनकी ओर ध्यान नहीं दिया, बल्कि उनका अपमान कर दिया।

कोई भी व्यक्ति उनके पास बैठना पसंद नहीं करता था। यह देखकर वे अपनी कुटीर में लौट गए। अब उन्होंने अपने शरीर पर रेशमी चोगा पहन लिया। हीरे, जवाहरात पहन लिए। सिर पर रत्नजटित मुकुट धारण कर लिया। उनकी पेटी पर भी मणि-माणिक लगे हुए थे। वस्त्रालंकार से शोभित होकर वे फिर समारोह में लौट आए। अब क्या था! सभी लोगों ने उन्हें बहुत सम्मान दिया। सभी ने उनके हीरे-जवाहरात को प्रशंसा-भरी दृष्टि से देखा और रेशमी चोगे को छूकर चूमने लगे और चाटुकारिता-भरी वाणी में बोले, "स्वागत हो कंचुकधारी श्रीमान का, स्वागत हो! क्या खाना पसंद करेंगे महोदय?"

इस पर वह साधु पुरुष बोले, "ज़रा ठहरिए, मैं अपने कंचुक से पूछ लें कि वह क्या खाना पसंद करेगा; क्योंकि यहां स्वागत मेरा नहीं, मेरे चोगे का हो रहा है।"

•

आप दूसरों को जैसा देखना चाहते हैं, स्वयं वैसा बनिए। अपने-आपको शिक्षा देने के लिए शब्दों का प्रयोग मत कीजिए। आदर्श को जीवन में उतारिए। इससे आपका चरित्र निखर उठेगा।

वारविक महाशय ने क्या ही सुन्दर कहा है : "बेईमान लोग चाहते हैं कि दूसरे 'लोग उन्हें अच्छा समझें, भले ही वे अच्छे न हों।' इसके विपरीत ईमानदार लोग चाहते हैं कि वे अच्छे बनें, भले ही वे दूसरों को अच्छे दिखाई न दें।"

निर्णय

डॉक्टर जानसन का कहना है कि जब तक आप इसी उधेड़बुन में लगे हैं कि आपका बेटा कौन-सी पुस्तक पहले पढ़े, तब तक दूसरा लड़का दोनों पुस्तकें पढ़ चुका होता है।

जोन ऑफ आर्क की सफलता का रहस्य यह था कि उसने समस्या को समझा और उसे सुलझाने के लिए निकल पड़ी। उसका बल उसकी शूरता में तथा उसकी दिव्य दृष्टि अथवा दूरदर्शिता में विद्यमान नहीं था; बल्कि उसका बल निहित था उसके निर्णय में, अथवा उन गुणों में, जिनके द्वारा निर्णय लिया जाता है। उसने ईश्वर का नाम लेकर चार्ल्स सप्तम को फ्रांस का उत्तराधिकारी घोषित किया और उसे इस बात का विश्वास दिलाया किं वही वास्तविक उत्तराधिकारी है और फिर उसने अंग्रेजों पर विजय प्राप्त करके अपनी इस घोषणा को पवित्रता प्रदान की।

कोलम्बस को सफलता इसलिए मिली कि उसका एक निश्चित ध्येय था और किसी भी क़ीमत पर सीधे आगे बढ़ने का उसमें पक्का इरादा था। परिणाम यह हुआ कि विघ्न-बाधाएं उसे अपनी मंजिल से न रोक सकीं।

हम कितने ऐसे जवान पुरुषों और स्त्रियों को जानते हैं, जिनकी जीवन-रूपी नौका में पतवार ही नहीं है। परिवर्तनहीन, धैर्यहीन, ध्येयहीन, चरित्रहीन, अपने हालत के कैदी ये जीव किसी योजना के अभाव में भटकते हुए एक-एक करके अपने दिन काटते हैं। एक प्रबल ध्येय ही उनके गुणों और क्षमताओं को एकत्रित अथवा पूंजीभूत कर सकता है और उन्हें सार्थक बना सकता है; परन्तु खेद का विषय है कि निश्चित ध्येय ही उनके जीवन में नहीं होता उनका प्रतिभा से परिपूर्ण मस्तिष्क प्रबल ध्येय के

अभाव में उसी प्रकार व्यर्थ है, जिस प्रकार औज़ारों से भरी हुई पेटी होती है, जिसके मालिक बढ़ई के पास करने के लिए काम नहीं होता। जिस व्यक्ति के जीवन में एक निश्चित ध्येय नहीं हैं, वह न तो दूसरों के लिए उपयोगी हो सकता है और न ही स्वयं सुख़ी।

वह व्यक्ति कितना भाग्यशाली है, जो शंका और अस्थिरता से ऊपर उठे हुए मस्तिष्क का स्वामी है; जो निठल्ले पन और रंगरेलियों से घृणा करता है; रास्ते की रुकावटों पर उपहासपूर्वक हंसता है; जिसे विश्वास है। कि उसकी क़िस्मत का सितारा बुलन्द है, जिसे भरोसा है कि वह जिस कार्य को भी करना चाहे, वह उसे करने की क्षमता रखता है; जो यह जानता है कि कोई भी टाल-मटोल, कोई भी संदेह भूत, कोई भी किन्तु-परन्तु', कोई भी शक या शुबहा उसे संघर्ष करने से नहीं रोक सकते; जो डरा देने वाली बिजली की सी चकाचौंध और रुकावटों तथा कठिनाइयों के अपशकुनों से भरी आवाज़ों का हंसकर मज़ाक उड़ा सकता है, जो पुरुषोचित कार्यों को सहज ही जानता है और उन्हें करने का साहस रखता है; जो देखने में छोटा, पर योग्यता में बड़ा और लोगों की कल्पना से परे है; जो न तिरस्कार से डराया जा सकता है न मेहरबानी या वाहवाही से खरीदा जा सकता है; जो घृणा और अपमान से लेशमात्र भी प्रभावित नहीं होता है और उन लोगों को दया का पात्र समझता है, जो उसे घृणा करते हैं और उसे यातना देते हैं।

ध्येय की ऐसी निश्चितता, एकनिष्ठता का एक ज्वलन्त उदाहरण था विलियम पिट। बचपन से ही उसे इस बात का एहसास कराया गया कि उसके विख्यात पिता के समान ही उससे यह अपेक्षा की जाती है कि वह जीवन में महान बने। उसकी सारी शिक्षा-दीक्षा का यही मूल मंत्र था। वह चाहे कहीं भी होता, या वह चाहे कुछ भी करता-क्या स्कूल में, क्या कॉलेज में, क्या काम में, क्या खेल में, उसे कभी भी नहीं भूलने दिया जाता–यह महान परम्परागत विचार कि एक राजनीतिज्ञ के रूप में उससे महान कार्यों की अपेक्षा की जाती है। यह विचार उसके अणु-अणु में रचा था और उसने एक कार्य की दिशा में अपने-आपको ऐसी शक्ति और लगन से जुटाया कि बाईस वर्ष की अल्प आयु में ही वह संसद् में पहुंच गया, तेईस वर्ष की आयु में संचार मंत्री और पचीस वर्ष की आयु में इंग्लैण्ड का प्रधानमंत्री बन गया। अपने ध्येय से कदापित

विचलित न होने वाला ऐसा व्यक्ति प्रेरणा का कितना महान स्रोत है!

कौन है, जो इस प्रारंभिक शिक्षा और उसके अध्ययन की दिशा से होने वाले महान लाभ का अनुमान लगा सके! कॉलेज छोड़ने के पश्चात् यह निर्णय लेने में कि उसके लिए कौन-सा कार्य अधिक अच्छा रहेगा, उसने अपने मूल्यवान वर्ष नष्ट नहीं किए थे। वह तो अपने ध्येय के लिए दौड़ पड़ा था।

बैस्टर ने अपने एक प्रतिद्वन्द्वी के विषय में कहा था : "यह आदमी न आगे बढ़ता है, न पीछे हटता है। बस, एक ही स्थान पर चक्कर काटता रहता है।"

डॉक्टर विलियम मैथ्यूज़ का कहना है : "हर दस में से नौ आदमी अपनी योजनाएं बहुत बड़े पैमाने पर बनाते हैं; वे, जो लगभग हर कार्य करने की क्षमता रखते हैं, कुछ भी नहीं कर पाते, क्योंकि वे कभी भी इस बात का स्पष्ट निश्चय नहीं करते कि उन्हें क्या चाहिए या वे जीवन में क्या बनना चाहते हैं। यही कारण है कि हम अपने चारों ओर जीवन के हर क्षेत्र में खेद-भरे असफल व्यक्तियों को देखते हैं।"

एक संतुलित मस्तिष्क भी, चाहे वह कितना प्रतिभावान हो, कुछ नहीं कर सकेगा, यदि उसमें निर्णय लेने की इच्छाशक्ति नहीं है। जो आदमी किसी भी सवाल के दोनों पहलुओं को भली भांति देख सकता है, उसके लिए भी प्रबल और निर्णायक इच्छाशक्ति परम आवश्यक है, अन्यथा वह कभी भी तत्काल कार्य करने में सक्षम नहीं हो सकता। पक्ष और विपक्ष के तर्क-वितर्क उसके सामने ऐसा सुन्दर और स्पष्ट चित्र खींचते हैं कि प्रत्येक पक्ष उसके चित्त को लुभा लेता है। ऐसी स्थिति में प्रबल इच्छाशक्ति के अभाव में, उसके लिए यह असम्भव हो जाता है कि वह किसी एक पक्ष के हक़ में दूसरे पक्ष की आवश्यक बलि दे सके।

और एक पक्ष की बलि देकर दूसरे पक्ष को चुन लेने के पश्चात् भी यदि उसके पास साहस, हौसला मज़बूती और अटल निश्चय न हो तो अपने ध्येय की पूर्ति करने से पूर्व वह पक्ष, जिसकी उसने बलि दी है, अपने हक़ का लगातार दावा करते हुए उसके मार्ग में रुकावटें डालेगा।

जो व्यक्ति सफलता का सेहरा पहनना चाहता है, उसे अपने कानों में हर समय यही एकमात्र वाक्य निरन्तर सुनना चाहिए : "जो काम करना है, आज ही कर लो, कल पर छोड़ना निरा पागलपन है।"

अमॉस लारेंस ने कहा था : "हमारी सभी सफलताओं का रहस्य यह था कि हमने तत्काल कार्य करने की आदत डाल ली थी और इसका परिणाम यह होता है कि हमारा हर कार्य सर्वोचित समय पर हो जाता था, जबकि कुछ दूसरों की आदत यह थी कि वे तब तक करते रहते थे, जब तक सर्वोचित समय का लगभग आधा भाग बीत चुका होता था और परिणाम यह निकलता था कि वे अपने कार्य में असफल हो जाते थे।"

किसी निर्णय पर पहुंचने के लिए दूसरों की सहायता लेना तो व्यर्थ ही नहीं, अपितु उससे भी बुरा है। हर आदमी को चाहिए कि वह ऐसी आदतें डाले कि आकस्मिक परीक्षा के क्षणों में वह अपने धैर्य पर निर्भर रह सकें।

सिकन्दर से यह पूछे जाने पर कि उसने सारी दुनिया को किस प्रकार जीता था, उसने कहा था कि उसने सारी दुनिया को जीता था-देर न करके।

नेपोलियन किसी भी आपातुस्थिति में नहीं हिचकिचाया था। वह तत्काल उस तरीके को अपना लेता था, जिसे वह सर्वाधिक बुद्धिमतापूर्ण समझता था और शेष सभी विधियों की बलि दे देता था। ऐसा करने के पश्चात् वह बलिवेदी पर चढ़ाई हुई विधियों को यह अनुमति कदापि नहीं देता था कि वह लगातार अपने पक्ष की वकालत करते हुए उसे लुभाती रहे। ऐसा मस्तिष्क सचमुच दुर्लभ होता है, जिसमें निर्णय लेने की ऐसी शक्ति हो कि वे तत्काल सबसे अधिक बुद्धिमतापूर्ण मार्ग को चुन ले और शेष सभी मार्गों की बलि चढ़ा दे।

नेपोलियन यूरोप का स्वामी तभी तक रहा था जब तक कि तत्काल निर्णय लेने की शक्ति उसके हाथों से नहीं निकल गई थी। उसने वाटरलू का युद्ध इसलिए हारा था कि उसने द्रुतगति से निर्णय नहीं लिया था, जिस गति से इससे पहले की भारी आपातुस्थितियों में उसने निर्णय लिए थे-एक ऐसा तात्कालिक निर्णय, जिसमें एक मार्ग का चयन और शेष सभी मार्गों का बलिदान करना पड़ता है।

लगभग सारे यूरोप को अपने अधीन कर लेने वाली नेपोलियन की प्रबल इच्छाशक्ति बड़े से बड़े युद्ध, और आदेश की छोटी से छोटी बातों में फ़ौरी और निर्णायक होती है। वह तो एक बृहत् आतशी शीशे के समान होती थी, जो सूरज की किरणों को इतना एकत्रित कर लेता है कि सख्त

से सख्त हीरा भी उनमें पिघल जाए। उसकी इच्छाशक्ति के आगे कुछ भी ठहर नहीं सकता था।

एक प्रमुख जज ने एक प्रख्यात हत्या-अभियोग में निर्णय की दृढ़ता का सुन्दर उदाहरण उपस्थित किया था। उसके ग्यारह साथी तों अभियुक्त को सज़ा देना चाहते थे; परन्तु इस जज ने उन्हें स्पष्ट बता दिया था कि वह कदापि नहीं झुकेगा और वह कमरे में बंद रहकर भूखा रहना स्वीकार कर लेगा बजाय इसके कि उनके साथ सहमत होकर उस व्यक्ति को फांसी दिलवाए, जिसे कि वह निर्दोष समझता था। दूसरे सभी उसके विरोध में दृढ़ता से डटे हुए थे; परन्तु चौबीस घंटों की प्रतीक्षा के बाद यह जानकर कि उनके प्रतिरोधी को मनाने की कोई संभावना नहीं है, उन्होंने उसी की बात मान ली थी और अभियुक्त को मुक्त कर दिया गया था।

निर्णय बुद्धिमत्तापूर्ण होना चाहिए। एक गधा भी निर्णय ले सकता है; परन्तु उसका निर्णय होता है मार्ग को अवरुद्ध करना, और उसके निर्णय को हम 'गधापन' का नाम देते हैं। कहीं ज़िद को ही पुरुषोचित निश्चय न समझ बैठिए। ज़िद (हठ) तो सकारण या अकारण ऐसी योजनाओं और ध्येयों से दृढ़तापूर्वक चिपके रहने का नाम है, जिन्हें भली भांति सोचा-विचारा नहीं गया है।

शिक्षित व्यक्ति की इच्छाशक्ति आत्मनिर्भर, आत्मप्रेरित और आत्मनिर्दिष्ट होनी ही चाहिए और वह उस व्यक्ति के आत्मसंयम के अधीन होनी चाहिए।

कभी-कभार ऐसी आपातुस्थिति आ जाती है, जहां व्यक्ति को निर्णय लेना ही पड़ता है हालांकि उसे इस बात का पूरा एहसास होता है कि उसका यह निर्णय उसकी सारी बौद्धिक शक्तियों द्वारा अनुमोदित, परिपक्व निर्णय नहीं है। ऐसी स्थिति में उसे समझने और तुलना करने की अपनी सारी बौद्धिक शक्ति को सक्रिय करके काम में लाना चाहिए और ऐसा अनुभव करना चाहिए कि उसने जो निर्णय लिया है, उससे अधिक अच्छा निर्णय, कठिनाई की इस घड़ी में, वह नहीं ले सकता था, और तदुपरांत उसे अपने निर्णय पर अमल करना चाहिए। जीवन के बहुत-से निर्णय इसी प्रकार के होते हैं-बिना तैयारी के, तत्काल लिए गए निर्णय।

फैनी फर्न (श्रीमती जेम्स पार्टन) ने कहा था कि जब युद्ध के समय

वह जनरल बटलर के पास थी तो वह उसकी तत्काल निर्णय लेने की शक्ति को देखकर चकित रह गई थी। उसने कहा था : "अत्यन्त महत्त्वपूर्ण मामले निर्णय के लिए उसके तंबू में लाए जाते थे। एक आतशी शीशे के समान वह अपने विचारों को उस विषय पर एकत्रित करता था, जो उसके पास लाया गया था; निर्णय लेता था, और फिर, एक बार निर्णय लेने के पश्चात् ऐसा लगता था, मानो उसने उस विषय को अपने विचारों की परिधि से बाहर निकाल दिया हो।

एक पिता की कहानी है। उसने एक निर्दय शासक की सेना द्वारा पकड़े गए अपने दो पुत्रों को बचाने का प्रयास किया था। उसने बदले में अपनी जान और एक मोटी धनराशि की पेशकश की थी। उसे सूचित किया गया कि उसकी पेशकश को मंजूर किया जाएगा, परन्तु केवल एक पुत्र के बदले में, अतः वह इस बात का निर्णय करे कि वह कौन-से पुत्र को बचाना चाहता है। व्यथित पिता अपनी जान के बदले में केवल एक पुत्र को बचाने के लिए भी अत्यन्त आतुर था; परन्तु वह निर्णय न ले सका कि उसका कौन-सा पुत्र मृत्यु की भेंट हो, ताकि दूसरा पुत्र जीवित रह सके और वह इस दुविधा की दुःखदायी स्थिति से अभी उबर न सका था कि उसके दोनों पुत्रों को मौत के घाट उतार दिया गया।

एक चंचल चित्त वाले व्यक्ति के लिए तत्काल और सक्रियता से काम करने की आदत डालने के समान सहायक और कुछ भी नहीं हो सकता। उसके पश्चात् व्यक्ति को पहले एक पक्ष पर केंद्रित करे, फिर दूसरे पक्ष पर। फिर दोनों पक्षों पर संतुलन बैठाने का यत्न करे, और अपने को अनावश्यक बातों पर बाल की खाल को उतारने की अनुमति न दे। अच्छा तो यही होगा कि निर्णय अंतिम और अपरिवर्तनीय हो और सक्रियता से कार्यान्वित किया जाए। भले ही वह कभी-कभार ग़लत ही हो जाए, बजाय इसके कि सदा-सदा के लिए सभी पक्षों में संतुलन बैठाते रहने की सोच विचार करते रहने की और टाल-मटोल करते रहने की आदत डाली जाए। तत्काल निर्णय लेने की इस आदत का अनुसरण (चाहे वह यंत्रवत् ही क्यों न हो) कुछ समय तक करने के पश्चात् निर्णय लेने की अपनी इच्छाशक्ति में आत्मविश्वास उत्पन्न होने लगेगा और आत्मनिर्भरता की एक नई शक्ति प्राप्त होगी।

विलियम वर्ट का कहना है: "जो आदमी दो कार्यों में से एक कार्य

चुनने में दुविधा में पड़ा रहता है, वह दोनों में से एक काम भी नहीं कर पाता। वह आदमी जो निश्चय कर लेता है; परन्तु अपने किसी मित्र से विपरीत राय मिलते ही अपना निश्चय बदल लेता है-जो दूसरों की राय के अनुसार कभी डूबता है, कभी उतरता है, जो अपनी योजनाओं को बदलता रहता है और दिशासूचक की तरह जिस दिशा में सनक की हवा चलने लगे, उसी दिशा में मुड़ जाता है, वह कभी भी बड़ा और उपयोगी कार्य नहीं कर सकता। किसी भी कार्य में अग्रगामी होने के स्थान पर वह अधिक से अधिक सुस्त होगा और अधिक संभावना यह है कि वह हर कार्य में पीछे हटने वाला होगा। केवल वही आदमी, जो अपने हर कार्य में उस महान गुण का उपयोग करता है, जो कैसर में विद्यमान था; जो पहले बुद्धिमत्तापूर्वक विचार करता है, फिर दृढ़निश्चय करता है और फिर अपने ध्येय की पूर्ति के लिए कभी न भटकने वाली निरन्तरता से प्रयास करता है और उन छोटी-छोटी कठिनाइयों से निराश नहीं होता, जो दुर्बल मनुष्य को डरा देती है-वह किसी भी क्षेत्र में सफलता के शिखर तक चढ़ सकता है।"

इच्छाशक्ति के रोगों में से एक है-निर्णय न ले सकना और इस रोग का एक अच्छा उदाहरण है **हैमलेट**। मनमस्तिष्क की आदर्श और यथार्थ और प्रतिभाओं में विषय अनुपात था। यह व्यक्ति, जो केवल एक ही पहलू देख सकता है, आसानी से फैसला कर सकता है; या दूसरे शब्दों में यह बता सकता है कि कौन-सा रास्ता अपनाना चाहिए; परन्तु हैमलेट तो एक साथ सभी पहलुओं पर नज़र गड़ाता था। उसका मस्तिष्क विचारों, भयों, अटकलों से खचाखच भरा रहता था और वह फैसला नहीं कर पाता था। वह यह नहीं बता सकता था कि वह जिस भूत को देखता था, वह सचमुच उसके पिता की आत्मा थी और अथवा नहीं, किंकर्तव्यविमूढ़ता कभी-कभी मस्तिष्क के अत्यधिक विकसित होने से उपजा रोग होता है। उस रोग में प्रतिभा तो अत्यन्त विकसित होती है, परन्तु कार्य करने की शक्ति लगभग समाप्त हो चुकी होती है।

जीवन की दौड़ में दृढ़ निर्णय वाला आदमी जानता है कि उसे कौन-सा कार्य करना है और वह उस कार्य को कर भी दिखाता है। ऐसा व्यक्ति उधेड़बुन करने वाले आदमी को, चाहे वह दूसरी बातों में कितना ही बलवान हो, सदा एक तरफ़ धकेल देता है; प्रतिभाशील व्यक्ति को भी

उसके निर्णय के आगे झुकना पड़ता है।

हजारों आदमी ऐसे हैं, जिनके जीवन में असफलताओं का एक मात्र कारण रहा है-टालमटोल।

कितने ही व्यवसायी हैं, जिन्होंने अपने जीवन में किसी समय भारी जोखिम उठाने का तत्काल निर्णय करके अपनी क़िस्मत को ही बदल डाला और मालामाल हो गए।

किसी मनीषी का कहना है: "अपने-आप निर्णय लेने का शिक्षण प्राप्त करना उस नैतिक और बौद्धिक प्रशिक्षण का भाग है, जो जीवन का मुख्य कार्य है, और उसके द्वारा कोई भी व्यक्ति 'सर्वोत्कृष्ट स्तर' प्राप्त कर सकता है।

"हमको व्यावहारिक निर्णय लेने की आदत इतनी महत्वपूर्ण लगती है। कि हम कभी-कभी अपरिपक्व निर्णय लेने का जोखिम उठाने को तैयार है। ग़लत फैसले से किसी भी आदमी को उससे अधिक हानि नहीं हो सकती जितनी कि फैसला लटकाए रखने से हो सकती है। जिसके निर्णय सदा ही ग़लत सिद्ध होते हैं, वह आदमी निस्संदेह भ्रान्त और नैतिकता में गिरा हुआ होगा; परन्तु क्योंकि व्यावहारिक निर्णय लेने के लिए यह आवश्यक है कि सही-सही महसूस किया जाए और तर्क-वितर्क स्पष्ट हो, इसलिए इस बात की बहुत कम सम्भावना है कि ऐसा निर्णय कभी भी दुष्परिणाम सामने लाएगा।"

दूसरे मनीषी का कहना है कि अच्छा यही है कि हम इसी समय किसी एक आदमी तक ज्ञान का प्रकाश पहुंचाने में जुट जाएं बजाय इसके कि हम उम्र-भर यही स्वप्न देखते रहें कि हमने सारी दुनिया को ज्ञान से प्रकाशमान करना है।

तात्कालिक निर्णय और उच्चकोटि के साहस ने अनेक सफल आदमियों को खतरनाक संकटों के पास उतार दिया। वैसी स्थिति में किन्तु-परन्तु घातक सिद्ध होता।

जब दो महत्त्वपूर्ण नगरों के बीच रेल की पटरी बिछाने का प्रारम्भिक सर्वेक्षण हो रहा था तो रूस के सम्राट निकोलस को पता लगा कि जिन अधिकारियों को यह कार्य सौंपा गया था, वे निजी लाभ के लिए योजना को गोल-मोल ढंग से प्रस्तुत कर रहे थे। उसने इस गुत्थी को सम्राटोचित शैली में सुलझाने का निश्चय किया। जब सम्बन्धित मंत्री ने इस इरादे से

मानचित्र सामने रखा कि वह प्रस्तावित मार्ग की व्याख्या करे तो निकोलस ने एक रूलर उठाया और पहले स्टेशन से अंतिम स्टेशन तक एक सरल रेखा खींची और अत्यन्त दृढ़ स्वर में कहा, "तुम रेल की पटरी को इस प्रकार बिछाओगे।" और रेल की पटरी उसी प्रकार बिछाई गई।

एक अमेरिकी राष्ट्रपति ने युद्ध के फ़ौरन बाद अपने मंत्रिमंडल से कहा थाः "दासों की स्वतंत्रता की नीति निर्धारित करने का समय अब कदापि नहीं टाला जा सकता।" उसका विचार था कि जनमत उसकी नीति का अनुमोदन करेगा और उसने ईश्वर से यह प्रतिज्ञा की थी कि वह इस नीति को अपनाएगा। उसने यह शपथ ली थी कि यदि सेनापति 'ली' को पेंसिल वानिया से बाहर खदेड़ा जा सकता तो वह इसकी खुशी में दासों की स्वतंत्रता की घोषणा कर देगा। (और उसने वैसा कर दिखाया!)

अपने ही निश्चयों में विश्वास खो बैठने के समान मनुष्य के चरित्र का हनन करने वाली दूसरी कोई वस्तु नहीं है क्योंकि वह आदमी अकसर अपने द्वारा निश्चित किए हुए कार्यों को पूरा करने में असफ़ल रहा होता है, परिणामस्वरूप उसको अपने ऊपर से विश्वास उठ जाता है और उसकी सभी संभावनाएं निष्क्रिय हो जाती हैं। इस उक्ति को स्मरण रखिए :

मैं स्मरण रखूंगा
जब कैसर कहे–"करो'
तो उसे किया जाएगा। (शेक्सपियर)

ध्येयनिष्ठा

एक आदमी को एक नवयुवक की ज़रूरत थी। उसके विज्ञापन के उत्तर में तीस लड़के आए। उस चतुर मालिक ने कहा, "देखो, उस दीवार पर निशान लगा हुआ है और यह रही गेंद अब देखना है कि तुममें से कौन सात बार में से सबसे ज्यादा निशाने लगाता है। कोई भी निशाना न लगा सका। तब उस आदमी ने कहा, "कल फिर आना और देखना कि तुम्हारे निशाने लगाने में कुछ सुधार हुआ है या नहीं।"

दूसरे दिन केवल एक छोटा-सा लड़का फिर आया। उसने कहा कि वह परीक्षा के लिए तैयार है और जब उसने गेंद फेंकनी शुरू की तो वह हर बार निशान के ठीक बीच में लगी।

"ऐसा कैसे हुआ?" उस आदमी ने आश्चर्यचकित होकर पूछा।

वह लड़का बोला, "मुझे इस नौकरी की बहुत आवश्यकता थी, ताकि मैं अपनी मां की सहायता कर सकें। इसलिए मैं सारी रात अपनी झोंपड़ी में अभ्यास करता रहा था।" यह कहने की आवश्यकता नहीं कि उसे वह नौकरी मिल गई, क्योंकि वह लड़का अच्छी प्रकृति का था और उसने अपने उस गुण को छिपाकर नहीं रखा, बल्कि उसका समुचित प्रयोग किया।

तैमूरलंग के विषय में एक घटना प्रसिद्ध है। एक बार जब उसके शत्रु उसका पीछा करते हुए उसके बहुत निकट आ गए तो उसने एक इमारत के खंडहर में शरण ली। वहां एकान्त पाकर जब वह विचारों में खोया हुआ था तो क्या देखता है कि एक चींटी मक्का के एक दाने को ले जाने की कोशिश कर रही है और उस दाने को घसीट रही है। हर बार असफल होने पर भी उस चींटी ने अपना यह प्रयास उनहत्तर बार दुहराया और अपने हर साहसपूर्ण प्रयास में जब वह एक ऊपर उठे हुए ऊंचे स्थान

पर आती तो उसे पार न कर पाती और अपने भार समेत पीछे को लुढ़क जाती; परन्तु आश्चर्य कि सत्तरवीं बार वह चींटी अपनी लूट की सम्पत्ति को विजय-उल्लास के साथ ले गई और उससे तैमूरलंग को पुनर्जीवन मिला। वह भावी विजय की आशा में खुशी से भर उठा।

असफलता तो अटूट प्रयास और फ़ौलादी इच्छाशक्ति की अंतिम कसौटी है, यह तो जीवन को कुचल डालती है या फिर उसे एकदम ठोस और मज़बूत बना देती है।

यह **फ्रैंकलिन पियर्स** उन आदमियों में से एक न होता, जो अपने प्रयास को कभी नहीं छोड़ते, तो वह कदापि संयुक्त राज्य अमेरिका को राष्ट्रपति न चुना जाता। जब वह कचहरी में वकील की हैसियत से पहली बार पेश हुआ था तो उसका प्रयास इतना अफसल रहा था कि वह बुरी तरह रो पड़ा था। उसे बड़ा दुःख हुआ था। ऐसी स्थिति में कितने ही लोग हतोत्साह हो जाते हैं, परन्तु उसने उत्साह नहीं छोड़ा था। उसने कहा कि वह कचहरी में वकालत करने के अपने प्रयास को नौ सौ निन्यानबे बार दुहराएगा और फिर यह यदि असफल प्रयास हुआ तो वह इस प्रयोग को हजारवीं बार करके देखेगा। ऐसी लगन वाले व्यक्ति के लिए कोई भी वस्तु अप्राप्य नहीं।

जब लिंकन युवा था तो उसने जनता के सामने आने का निश्चय किया और अपनी योजनाओं के विषय में अपने मित्रों से विचार-विमर्श किया। "मैंने बड़े आदमियों से बातचीत की है," उसने अपने साथी लिपिक एवं मित्र ग्रीने को बताया, "और मैं इस निष्कर्ष पर पहुंचा हूं कि हममें और उनमें कोई अन्तर नहीं है।" भाषण देने के अपने अभ्यास को बनाए-रखने के लिए वह 'वाद-विवाद के अभ्यास' को व्यायाम की संज्ञा देता था। वह अध्यापक मेंटल ग्राहम नामक व्यक्ति के पास गया और व्याकरण पढ़ने के विषय में उनसे परामर्श लिया।

श्री ग्राहम ने कहा, "यदि तुम जनता के सामने जाना चाहते हो तो तुम्हें व्याकरण सीखना ही पड़ेगा।"

परन्तु उसको व्याकरण की पुस्तक कहां से मिल सकती थी? श्री ग्राहम ने उसको बताया कि वहां केवल एक पुस्तक थी. और वह भी छः मील दूर।

इससे अधिक सूचना की प्रतीक्षा किए बिना वह युवक तत्काल पैदल चलकर वहां गया। किर्खम के व्याकरण की पुस्तक की उस दुर्लभ प्रति को

उसने पढ़ने के लिए मांगा और रात पड़ने से पहले ही वह उस पुस्तक की गहराई में जा चुका था। उस समय के बाद कई सप्ताहों तक किर्खम के व्याकरण पर अधिकार पाने के लिए उसने अपने अवकाश का प्रत्येक क्षण लगा दिया था। कई बार वह अपने मित्र ग्रीने से कहता था कि वह पुस्तक पकड़ ले और उससे कंठस्थ किया हुआ पाठ सुने, और जब पुस्तक में से कोई बात समझ न आती तो वह श्री ग्राम से समझ लेता था।

लिंकन में सीखने की इच्छा इतनी तीव्र थी कि उसके आसपड़ोस के लोग उसमें दिलचस्पी लेने लगे। ग्रीन्स ने उसे पुस्तकें उधार दीं, अध्यापक उसका ध्यान रखता था और उसकी भरसक सहायता करता था, यहां तक कि गांव के बढ़ई ने उसे अपनी दुकान में आने की और बुरादे को इतना जलाने की अनुमति दे दी थी कि उसके प्रकाश में वह रात के समय पढ़ सके। परिणाम यह हुआ कि उसने थोड़े ही समय में व्याकरण पर अधिकार प्राप्त कर लिया।

"अच्छा," लिंकन ने कहा था, "यदि यही है वह विषय, जिसे विज्ञान कहते हैं, तो मैं सोचता हूं कि मैं ऐसा ही एक और विषय भी पढ़ सकेंगा।"

उसे एक और उपलब्धि भी हुई और वह यह कि वह कठिन से कठिन विषय को भी सतत प्रयास द्वारा सीख सकता था।

•

जब डेनियल वेब्स्टर एक छोटा-सा बालक था, उस समय उसके चरित्र में कोई विशेषता नहीं थी। उसे एक अकादेमी में पढ़ने भेजा गया था और वह थोड़े ही समय तक वहां रहा था। घर आते हुए रास्ते में उसको रोता पाकर एक पड़ोसी ने कारण पूछा तो डेनियल ने कहा, "मुझे कभी अध्ययन में सफलता पाने की आशा नहीं है। सभी लड़के मेरा मज़ाक़ उड़ाते हैं, क्योंकि मैं पढ़ाई में हमेशा सबसे पीछे रहता हूं, "मैंने पढ़ाई छोड़ने और घर जाने का निश्चय कर लिया है।" पड़ोसी ने कहा कि उसे वापस जाना चाहिए और यह देखना चाहिए कि मेहनत से पढ़ाई करने का क्या नतीजा होता है। वह वापस लौटा। उसने जी-तोड़ श्रम किया और अधिक समय नहीं बीता था कि उसने कक्षा में प्रथम रहकर उन सबके मुंह में ताला लगा दिया, उन्होंने उसका उपहास किया था।

हजारों आदमी जीवन में इसलिए असफल रहे हैं कि वे इतना आगे नहीं बढ़े, जितना आगे बढ़ना ज़रूरी था। उन्होंने किसी भी व्यवसाय को

इतना नहीं सीखा कि उसमें निपुणता प्राप्त कर लेते, दूसरे शब्दों में वे सफलता से तनिक इस ओर ही रुक गए।

वाशिंगटन में जो पेटेंट ऑफ़िस है, वह ऐसे आविष्कारों से भरा पड़ा है, जो लगभग सफल थे। यदि आविष्कार में थोड़ा समय और कार्य करने की लगन होती तो वे मनचाही सफलता पा सकते थे। इससे वे निर्धनता में मरने की जगह अमीर हो जाते।

अपने प्रतिभाशील, लेकिन लापरवाह बेटे के बारे में एक विधवा ने कहा था, "हाय! वह लगातार कोई एक काम करता भी तो नहीं है।"

प्रो. ड्रमंड ने मेले में एक विख्यात खाने का, शीशे का बना नमूना देखा। उसके मालिक ने उस सतह के अन्दर, जिसमें कि उसके अनुमान के अनुसार सोना था, एक मील लम्बी सुरंग खुदवाई। इस कार्य पर उसने एक लाख डॉलर खर्च किए और वह डेढ़ साल के बाद भी सोना पाने में असफल रहा। एक दूसरी कम्पनी ने उसी सुरंग को एक गज़ और आगे खुदवाया और उसे सोना मिल गया। हो सकता है कि हमारे जीवन का स्वर्ण भी हमसे सिर्फ एक गज़ ही दूर हो!

किसी भी अन्य आविष्कार ने संसार के राष्ट्रों के भाग्य पर इतना प्रभाव नहीं डाला जितना कि भाप के इंजन ने डाला है, और वाट को इसका जनक कहा जा सकता है। फिर भी यह सत्य है कि 250 वर्ष ईसा-पूर्व हीरों ने एक भाप का तापक और एक भाप से चलने वाला इंजन बनाए थे। वह उपकरण बहुत सादा और प्रारम्भिक कोटि का था; परन्तु बुनियादी विचार उसमें विद्यमान था। उसके निराले प्रयोगों ने जिस दिशा का संकेत किया था, यदि उसी दिशा में प्राचीन अनुसंधानकर्ता लगातार काम करते रहते तो यंत्र-युग का इतिहास दो हजार साल पीछे ले जाया जा सकता था।

जब सन् 1688 ई. में **डेनिस पैपिन** ने अपने पिस्टन को एक सिलेण्डर में बंद किया और उससे कुछ दिन बाद जब **टॉमस न्यूकामैन** ने अपना यांत्रिक आविष्कार किया, तब वे दोनों उस युग के सबसे बड़े आविष्कार की देहरी पर खड़े थे; परन्तु जब वाट ने न्यूकामेन के सादा यंत्र पर अपनी सूझबूझ से खूब श्रम करके खोज की, तभी उन्नीसवीं सदी का भांप-इंजन बन गया।

वह नियम, जिसपर चुम्बकीय तार (टेलीग्राफ) निर्भर करती है, सन्

1774 ई. से ही मालूम था; परन्तु अमेरिका का प्रो. मौर्स ही पहला आदमी था, जो उस नियम को मनुष्यमात्र की भलाई के लिए काम में लाया। उसने सन् 1832 ई. में अपने प्रयोग आरम्भ किए और पांच साल बाद भी उसे लम्बे अरसे तक प्रतीक्षा करनी पड़ी; और जब 1843 के अधिवेशन का अंतिम दिन आ गया, तब कहीं वह कांग्रेस से 30,000 डॉलर की। स्वीकृति प्राप्त कर सका। उस धनराशि से दुनिया की सबसे पहली तारलाइन बाल्टीमोर और वाशिंगटन के बीच निर्मित की गई। सम्भवतः और किसी भी आविष्कार के मनुष्य जाति के हित में इतना अधिक प्रभाव नहीं डाला है।

जॉन फ़िच निर्धन था। उसके कपड़े फटे-पुराने थे। वह न केवल समाज द्वारा परिव्यक्त ही था, बल्कि उसकी हंसी उड़ाई जाती थी और उसे पागल कहा जाता था। नेता उसे हतोत्साह करते थे और धनी आदमी उसकी निन्दा करते थे। फिर भी वह और उसके मित्र अपनी धुन में लगे ही रहे और 1790 ई. में उन्होंने डेलावेयर में एक अगनबोट उतार दिया था, जो ज्चार के साथ आठ मील प्रतिघंटा और ज्वार के विरुद्ध छः मील प्रतिघंटा की रफ्तार से चला था।

जॉर्ज स्टीफ़ेन्सन ने दूसरों के दोषों को ध्यानपूर्वक देखकर और छोटी से छोटी बातों की ओर एकाग्रचित होकर अन्ततोगत्वा सन् 1815 ई. में 'द पफिंग बिल्ली' नामक एक इंजन बनाया-जो सचमुच काम के लायक और कम खर्च वाला था; परन्तु जीत से पहले उसे एक घोर संघर्ष करना पड़ा था। केवल वही एक आदमी था, जिसे पक्का विश्वास था कि यात्रा में इस माध्यम को उपयोग में लाया जा सकता है। फिर भी, सभी रुकावटों के होते हुए भी, सन् 1830 ई. में उसने एक रेल-इंजन (जिसका नाम 'द' रॉकेट रखा था और मूल आवश्यक सिद्धान्त में आज के रेलइंजन के समान था) लिवरपूल और मानचेस्टर रेलवे स्टेशनों के बीच दौड़ाकर दिखाया, और उसके विचारों की सफलता का सिक्का बैठ गया।

स्टीफेन्सन न तो लोहे की पटरी के विचार का लेखक था और न ही ऐसी गाड़ी के विचार का, जो भाप द्वारा चालित होकर लोहे की पटरी पर दौड़ती हो और अपने पानी और ईंधन साथ लिए फिरती हो। ये सभी गुण पहले बने **ट्रेवेथिक** के इंजन में मौजूद थे। यदि ट्रेवेथिक ने अपने रेल-इंजन के दोषों को उसी लगन से ठीक किया होता, जो उसके

उत्तराधिकारी का प्रबल गुण था, तो यह सम्भव है कि स्टीफ़ेन्सन को नहीं, बल्कि उसी को आधुनिक रेल-इंजन का जनक' घोषित किया गया होता।

यदि आपका स्वभाव ऐसा है, जिसमें लगन की कमी है, तो आपको चाहिए कि इस कमी को अभ्यास द्वारा अवश्य दूर करें। इसकी सहायता से आप कामियाब हो सकते हैं, आप बाधाओं को झुका सकते हैं। आप प्रतिपक्ष को घुटने टेकने पर मजबूर कर सकते हैं, क्योंकि दुविधा और हिचकिचाहट आत्मविश्वास और स्थिरता के आगे हार मान जाती हैं। अटूट लगन के बिना मनुष्य के इससे भी अधिक चमकीले गुण आपको सफलता का विश्वास नहीं दिला सकेंगे और बहुत संभव है कि वे आपको नाकामी के सिवाय और कुछ भी नहीं देंगे।

फ़ान मौल्तके, जो दुनिया का सबसे बड़ा रणविधा-विशेषज्ञ हुआ है, अपने कार्य करने के लिए तैयार होने से पहले छियासठ साल तक अपने को शिक्षित करता रहा था। हालांकि उसका जन्म शताब्दी के आरम्भ में हुआ था। वह उस समय बूढ़ा हो गया था जबकि सन् 1866 ई. में उसने सेनाध्यक्ष की हैसियत से सडोवा के स्थान पर आस्ट्रिया को कुचल डाला था और उसे जर्मनी से खदेड़ दिया था। चार साल बाद इससे भी बड़े अवसर के लिए तैयार सत्तर साल के इस मौन और विनीत सैनिक ने फ्रांस को बुरी तरह हराया था और यूरोप का नक्शा बदल डाला था। कीर्ति और फील्ड मार्शल के पद से वह विभूषित हुआ था-परन्तु इक्यावन वर्ष के कठोर परिश्रम के बाद। कोई आश्चर्य नहीं कि ऐसे वीर योद्धाओं ने नेपोलियन को हरा दिया। यही नहीं, सभी लुईस नेपोलियन जैसे दुर्धर्य योद्धा ऐसे ही व्यक्तियों द्वारा हराए गए हैं और हमेशा हराए जाते रहेंगे।

हम भी उस आदमी के समान होना चाहते हैं, जिसने महान सफ़लता प्राप्त की है; परन्तु हम उन असफलताओं और हृदयपीड़ाओं को नहीं देख पाते, जिन्हें उसने अपनी जीत के नीचे दफ़ना रखा है।

जॉन स्टुअर्ट ब्लैकी ने कहा था कि इस दुनिया में वह किसी भी ऐसी आदमी को नहीं जानता, जो किसी काम के योग्य हो और जो करने के लिए काम के होते हुए यह न जानता हो कि वह किस प्रकार उस काम को पूरा करें।

हॉथार्न का उपन्यास 'कलंक' (स्कार्लेट लेटर) हम कितने चाव से पढ़ते हैं, जो सम्भवतः अमेरिकी कथा-साहित्य की अन्यतम कथाकृति है। यह

असम्भव लगता है कि शैली की ऐसी सुन्दरता अभिव्यक्ति की ऐसी सरलता और गहराई में बैठने की ऐसी सूक्ष्मता परिश्रम की किसी की किसी भी मात्रा से कभी भी प्राप्त की जा सकती थी; परन्तु साथियों में सबसे अधिक शर्मीले और विनीत इस व्यक्ति की नोटबुकें इसकी प्रतिभा का रहस्योद्घाटन करती हैं। उसके सभी प्रयासों पर लिखा हुआ है-परिश्रम, परिश्रम, परिश्रम। उसके नोटस में दर्ज करने के लिए कुछ भी अत्यन्त साधारण न था। उसने जो कुछ देखा था या सुना था, या छुपा या महसूस किया था, उस सब कुछ को अपनी नोटबुक में कैद कर लिया था और उसे अपने कथा-साहित्य को कुछ न कुछ उपहार देने के लिए विवश किया था।

वह नदी-जिसकी सतह पर उसके विचार ऐसी सुन्दरता और अभिव्यक्ति की ऐसी सरलता से तैरते थे-दस हज़ार झरनों से निकली हुई छोटी-छोटी सरिताओं से मिलकर बनी थी। उस समय भी वह जबकि अपने अमर उपन्यास 'स्कार्लेट लेटर' को लिख रहा था, वह विश्वास करता था कि यह कृति भी उपेक्षित ही रहेगी, जिस प्रकार कि उसकी बहुत-सी और कृतियां रही थीं, जिनमें से कुछ एक को उसने बहुत निराश होकर जला भी डाला था। सलेम में सीमा-शुल्क चौकी की नौकरी से उसे बर्खास्त किया जा चुका था और कितने ही दिन ऐसे भी आए थे कि उसे केवल अखरोट और आलुओं का ही भोजन करना पड़ा था, क्योंकि उसके पास इतने पैसे नहीं थे कि वह मांस ले सकता। उपेक्षित एवं अज्ञात रहते हुए भी उसने बीस वर्ष तव, परिश्रम किया था।

"अपने को योग्य, चौकोर और चमकदार बना।" यह रिचर्ड सीफ्रेंच का कहना है, "तेरी बारी आएगी। तू मार्ग में पड़ा ठाकरें नहीं खाता रहेगा। भवन-निर्माताओं को तेरी आवश्यकता पड़ेगी। तुझे दीवार की जितनी आवश्यकता है, उससे अधिक दीवार को तेरी आवश्यकता है।"

हर्बर्ट स्पेंसर ने अपने विशाल ग्रन्थ के दसवें एवं अंतिम खंड को छिहत्तर वर्ष की आयु में पूरा किया था जबकि उसका नाना प्रकार से उत्साह हनन ही नहीं हो रहा था, बल्कि उसका स्वास्थ्य भी गिर चुका था। अपने कार्य में जुटे रहने का इससे अधिक अच्छा उदाहरण दुनिया में बिरला ही देखने को मिला है।

जब **जेम्स गार्डन बेनेट** ने न्यूयार्क हेरल्ड प्रारम्भ किया था तो उसके पास भेंट करने वालों पर नष्ट करने के लिए कोई समय नहीं था। जब

किसी को हेरल्ड की आवश्यकता होती थी तो वह अपनी लेखनी से देरी की ओर इशारा करता था और ग्राहक पैसे नीचे रखकर एक प्रति ले लेता था। उसका **संघर्ष** 'ट्रिब्यून' के संघर्ष से भी अधिक घोर था और प्रायः सत्रह और अठारह घंटे प्रतिदिन के हिसाब से सप्ताह-भर के कठिन परिश्रम के बाद शनिवार की रात के लिए एक-चौथाई डॉलर भी नहीं बचता था परन्तु वह कभी भी अपने ध्येय से न भटका और सम्पादक के आसन पर रहकर लगभग चालीस वर्ष तक सेवा करने के पश्चात् दुनिया को एक सर्वाधिक मूल्यवान समाचारपत्र की जायदाद उसने अपने बेटे को प्रदान की थी।

लंदन का एक निर्धन लड़का यह पक्का इरादा करके घर से निकला था कि चाहे जितनी भी देर हो, उसकी चिंता न करते हुए वह हर कार्यालय या दुकान पर तब तक जाता रहेगा जब तक कि उसे नौकरी न मिल जाए। कुछ समय तक ऐसा करने के पश्चात्, जबकि ऐसी स्थिति में अधिकांश लड़के एकदम हतोत्साहित हो जाते हैं, वह एक कार्यालय में गया, जहां उसे बताया गया कि वे ऐसे लड़कों को कभी नहीं लेते, जिन्हें कुछ भी अनुभव न हो, और उससे यह पूछा गया कि उसे वहां किसने भेजा है? उस लड़के ने बताया कि वह हर दफ्तर में जा रहा है और तब तक जाता रहेगा, जब कि उसे नौकरी नहीं मिल जाती। लड़के की लगनशीलता और कार्यनिष्ठा से अनुभवी व्यवस्थापक बड़े प्रभावित हुए। उन्होंने कहा, "अपने सुन्दर अक्षरों में हाथ से लिखकर प्रार्थना-पत्र लाना। तब मैं देखूंगा कि मैं तुम्हारे लिए क्या कर सकता हूं।" अनेक लड़कों को नौकरी इस कारण न मिल सकी, क्योंकि उनका लेख सुन्दर न था, हिज्जे गलत थे और पत्र अव्यवस्थायिक थे; परन्तु उसे लड़के की लिखाई. साफ, लेखनशैली संक्षिप्त और बुद्धिमत्ता से परिपूर्ण थी और उसे नौकरी मिल गई। उसने अपने-आपको मूल्यवान सिद्ध किया और तभी से उस संस्था में कार्य करने लगा।

जिन व्यक्तियों ने कोई बड़ा कार्य सम्पन्न किया है, उन सबका सामान्य गुण निरन्तर काम करते रहना था। उनमें किसी दूसरे गुण-विशेष का अभाव हो सकता है। उनमें बहुत-सी दुर्बलताएं और भटकनें भी हो सकती हैं, परन्तु एक सफल आदमी में निष्ठा गुण का कभी भी अभाव नहीं हो सकता। चाहे उसका कितना भी विरोध हो, चाहे उसे कितनी भी निराशा घेर ले, वह हमेशा अपनी ही धुन का पक्का होता है। कठोर परिश्रम उसे

निराश नहीं कर सकता, रुकावटें उसे हतोत्साह नहीं कर सकतीं, परिश्रम उसे थका नहीं सकता। चाहे कुछ भी आए या कुछ भी चला जाए, वह अपनी निष्ठा को नहीं छोड़ता; यह तो उसके स्वभाव का अंग बन चुकी होती है। उसके लिए अपनी निष्ठा को छोड़ना उतना ही कठिन है, जितना कि सांस न लेना।

धन, पद और प्रभाव-ये ऊर्जा और निष्ठा की तुलना में नगण्य हैं। चाहे आपका कोई भी काम हो, उसे पक्के इरादे से करते रहिए। अपनी मुद्रा को दृढ़ कीजिए और कहिए, "मैं इस कार्य को अवश्य पूरा करूंगा।" आपका सिद्धान्त होना चाहिए-'ध्येयपूर्ति को दृढ़ निश्चय!' जब भी आप इसे सुनें तो आपपर इसका वैसा ही प्रभाव होना चाहिए, जैसाकि जंगी घोड़े पर बिगुल बजने का होता है।

अध्येता को एक पाठ के बाद दूसरा पाठ, मज़दूर को एक चोट के बाद दूसरी चोट, किसान को एक फ़सल के बाद दूसरी फ़सल, चित्रकार को एक चित्र के बाद दूसरा चित्र, यात्री को एक मील के बाद दूसरा मील उस क्षेत्र में सफलता कर देता है। जिसकी वे अत्यधिक कामना करते हैं।

स्वस्थ रहने की कला

"हां, तो श्रीमान, आप कितने वर्ष तक जीने की आशा रखते हैं ?" एक जाने-माने चिकित्सक ने पूछा।

"जब तक कि डॉक्टर मेरे घर में न जाए।" एक स्वस्थ्य प्रौढ़ व्यक्ति ने उत्तर दिया।

"और पिछली बार डॉक्टर आपके घर कब आया था ?" चिकित्सक ने पूछा।

इस पर मुस्कराते हुए प्रौढ़ महाशय बोले, "कोई अड़सठ साल पहले डॉक्टर हमारे घर आया था-जब मेरा जन्म हुआ था।"

दीर्घ जीवन एक कला है। उस व्यक्ति ने उसे समझ लिया था। यही था उसके नीरोग रहने का रहस्य।

एक फ्रेंच विद्वान का कथन है: "बहुधा आदमी मरते नहीं; वे अपने-आपको मारते हैं।"

दुनिया में ऐसे व्यक्तियों के अनेक उदाहरण मिलते हैं, जिन्होंने सुखी दीर्घ जीवन जिया है। **हेनरी जेनकिन्स** यार्कशायर, इंग्लैण्ड में 17 मई, 1500 ई. में पैदा हुए थे और 170 वर्ष जीकर उनका देहान्त हुआ था।

वह सवेरे जल्दी उठते थे और बासी पानी पीते थे। उनका जीवन संयमित था। जीवन-भर वे फलालैन और गर्म कपड़े पहनते थे। वे थोड़ी शराब अवश्य पी लेते थे।'

दूसरा उदाहरण है **टामस पार** का। वे 1443 ई. में पैदा हुए थे। अट्ठासी वर्ष की अवस्था में उनका पहला विवाह हुआ और दूसरा विवाह हुआ एक सौ बीस वर्ष की अवस्था में। जब वे 145 वर्ष के थे तो वे दौड़ों में भाग लिया करते थे, धान कूटते थे। और इसी तरह की सख्त

मेहनत का कोई काम कर सकते थे। वे रात और दिन दोनों समय भोजन करते थे; किन्तु एकदम सादा भोजन। उनके जीवनी-लेखक ने लिखा है–टामस पार की मुत्यु का कारण था-खानपान और वातावरण की तब्दीली। वे गांव के खुले स्वच्छन्द वातावरण से लंदन के अपेक्षाकृत दूषित वायुमण्डल के क्षेत्र में आ गए थे, और लम्बे अरसे तक गांव की सरल प्राकृतिक खुराक खाने के बाद अब वे विलासितामय पारिवारिक वातावरण में आ पहुंचे थे, जहां उनके स्वास्थ्य को अच्छी रखने के लिए खूब बढ़िया खाना, महंगे शराब अथवा अन्य महंगे पेय दिए जाते थे। इन सबका परिणाम क्या हुआ? –उनके शरीर की प्राकृतिक क्रिया में बाधा पड़ी। फेफड़ों की क्रिया में प्रतिरोध पैदा हुआ और सारे शरीर की गतिविधि में अस्त-व्यस्तता आ गई। इन सबका परिणाम यह हुआ कि उनका स्वास्थ्य गिरने लगा। यदि उन्हें स्थान-परिवर्तन न कराया जाता तो वे अनेक वर्षों तक और सुखपूर्वक जीवित रह सकते थे-ऐसा उनके शरीर को जांच करने से ज्ञात हुआ है। 1635 ई. में उनका देहावसान हो गया, जबकि वे 152 वर्ष के थे।

पुराने जमाने में मालेन नामक महाशय हो गुज़रे हैं, कोई 271 ई. में। वे 140 वर्ष तक जीवित रहे। उनके अपने कथनानुसार, वे दुबले-पतले शरीर के थे; किन्तु संतुलित आहार एवं शान्त स्वभाव के कारण वे इतनी लम्बी उम्र तक सुख से जी सके। उनका बस एक ही नियम था कि वे खाने की मेज से उस समय उठ जाते थे जबकि वे अभी और काफी खा सकते थे।

जब **सिकन्दर** महान ने भारतीय राजा पोरस पर विजय प्राप्त की तो उसने राजा के एक हाथी पर यह लिखवाकर उसे वन में छोड़ दिया : "बृहस्पति का पुत्र सिकन्दर सूर्य की उपासना करता है।" और साढ़े तीन सौ वर्ष के पश्चात् इस उल्लेख के साथ वही हाथी जीवित पाया गया था।

कुवियर का कथन है कि व्हेल मछली कभी-कभी एक हजार वर्ष तक जीवित रहती है। विएना में एक गरुड़ की मृत्यु 104 वर्ष की उम्र में हुई थी; पहाड़ी कौए बड़ी आसानी से एक सौ वर्ष ज़िन्दा रह लेते हैं। कहा जाता है कि हंस तीन सौ वर्ष तक ज़िन्दा रहता है। बगुले भी दीर्घजीवी होते हैं कछुए की उम्र 107 वर्ष बताई जाती है।

इतिहास के आरम्भ से लेकर मनुष्य सदा-सदा से मृत्यु पर विजय प्राप्त

करने और दीर्घ जीवन प्राप्त करने का यत्न करता रहा है। मिस्र के चिकित्सक स्वास्थ्य के लिए उल्टी कराने और पसीना लाने वाली दवाएं पिया करते थे। पसीना लाने वाली दवाओं का रिवाज इतना अधिक हो गया था कि आम बोलचाल में लोग 'क्या हालचाल है' की जगह आपको 'पसीना कैसे आता है' यह वाक्य कहा करते थे। उस ज़माने में वहां पसीने की प्रचुरता को स्वास्थ्य का सूचक माना जाता है।

एक नवयुवक की शोभा है उसकी शक्ति। किसी प्रकार की कमजोरी व्यक्ति को छोटा, ओछा, पंगु और विकार से युक्त बना देती है। न कोई प्रयत्न, न कोई संकल्प उसे दूर कर सकता है और न कोई अपराध-स्वीकृति उसे ढक सकती है, चाहे वह कैसी भी कमजोरी क्यों न हो, उत्साह की कमी हो, मानस बल का अभाव हो या कि शारीरिक शक्ति का अभाव हो।

जीवन की सफलताएं सदा प्रबल, निर्भीक और बलशाली व्यक्तियों को प्राप्त होती हैं-बलशाली से हमारा अभिप्राय लम्बे-चौड़े डीलडौल वाले से नहीं है, बल्कि ऐसे शक्ति-सम्पन्न व्यक्ति से है, जिसकी नस-नाड़ियों में स्फूर्ति हो। **लार्ड ब्रोघम्स** लगातार 176 घंटे काम करते रहे थे। **नेपोलियन** घोड़े के काठी पर लगातार 20 घंटे तक जमे रहे थे। फ्रैंकलिन ने 70 साल की उम्र में खुले में कैम्प लगाया था। ग्लैंड स्टोन ने 84 वर्ष की उम्र में जहाज़ की पतवार थामी थी और प्रतिदिन मीलों यात्रा करते रहे थे। वे 85 वर्ष की उम्र में बड़े-बड़े पेड़ों को गिराने का काम करते थे।

प्रकृति के नियम के अनुसार शारीरिक शक्ति भाग्य के अभ्युदय की पहली शर्त है। कमज़ोर, दुर्बल, बचकाना, शक्तिहीन, सुस्त, हिचकिचाने वाला अस्थिरमति युवक भले ही एक सम्मानित जीवन जीने में सफल हो जाए; किन्तु वह उन्नति के शिखर पर कभी नहीं चढ़ पाता और न ही कभी वह नेतृत्व को संभाल पाता है वह शायद ही कभी किसी महत्त्वपूर्ण उपलब्धि को प्राप्त कर सकेगा।

प्रत्येक व्यक्ति को अपने **काम-धंधे** की प्रकृति के अनुसार प्रतिदिन का भोजन निर्धारित करना चाहिए। रेस में दौड़ने वाले घोड़े को गाड़ी में जुतने वाले घोड़े की खुराक नहीं दी जा सकती। दिमाग के काम करने वाले व्यक्तियों की खुराक ऐसी होनी चाहिए जोकि उनकी नस-नाड़ियों को शक्ति प्रदान करे। उनके भोजन में फासफोरस और बीज सार होना चाहिए, जो कि उनके मस्तिष्क को लगातार तरोताजा रखे। यदि वह केवल भुना हुआ

मांस खाए तो उसे एक मज़दूर का शारीरिक बल बढ़ाने वाला भोजन तो प्राप्त हो जाएगा, पर मस्तिष्क को उससे कोई खुराक प्राप्त नहीं होगी। उसे चाहिए कि वह मछली, चूजे, अचार, चटनी उत्तम धान्य, साग-सब्जियों, और फलों की पर्याप्त मात्रा अपनी खुराक में रखे। इसके विपरीत, शारीरिक श्रम करने वाले व्यक्ति को ऐसा भोजन चाहिए जिससे उसके पुट्ठों को शक्ति मिले और शरीर में बल-वीर्य बढ़े। उसे शारीरिक बल चाहिए, जिससे वह बोझ उठाने का काम कर सके। अध्यापक को घर में काम करने वाली महिला से बिलकुल पृथक कोटि की आवश्यकता होती है। छात्रों को भी दिमागी कामं करने के लिए एक पृथक् तरह की खुराक चाहिए और जिन बच्चों की आयु अभी परिपक्व नहीं हुई है, उन्हें शरीर का निर्माण करने वाले भोजन की आवश्यकता है-ऐसे भोजन की, जिससे उनकी हड्डियों, नस-नाड़ियों और पुट्ठों का निर्माण हो सके।

एक व्यक्ति ने रात के खाने में कस्तूरवा मछली, भुना हुआ मांस, टर्की, चूजे, झींगा मछली, कीमा, मीठी डबलरोटी, आइसक्रीम, केक, सूखे मेवे, किशमिश आदि का भोजन छककर किया। सवेरे वह अपने बिस्तर पर मरा हुआ पाया गया। उसकी शवपरीक्षा करने वाले डॉक्टर ने बताया कि दिल की गति रुक जाने से उसकी मृत्यु हुई। वस्तुतः यह असंतुलित भोजन करने का एक घातक परिणाम था।

अन्न और शराब एकसाथ मिलाकर कभी नहीं ग्रहण करने चाहिए, क्योंकि अच्छी तरह चबाने के लिए लाला ग्रन्थियां पर्याप्त लार छोड़ती हैं। और यह लार स्वास्थ्य के लिए किसी महापेय की अपेक्षा अच्छी मानी गई है। भारी मांस और पेस्ट्री आदि गरिष्ठ पदार्थों से बचना चाहिए, क्योंकि ये पाचक-यंत्रों पर बड़ा बोझ डाल देते हैं। जब कोई व्यक्ति परिश्रम करके बहुत अधिक थक चुका हो तो उसे छककर नहीं खाना चाहिए, क्योंकि वैसी स्थिति में पाचक-यंत्र पाचन-क्रिया को करने की ठीक स्थिति में नहीं रहते। एक प्रसिद्ध मनोवैज्ञानिक प्रो. लोरेन्जोएन फोलर, जो 85 वर्ष तक जिए, अपने दीर्घ जीवन के ये नियम बनाते थे-सख्त मेहनत कीजिए, किन्तु आराम से; चिन्ता, और क्रोध से बचिए। अपने आदर्श तक पहुंचने का यथासम्भव प्रयास कीजिए और अपनी प्रतिभा को काम में लाइए। बहुत ज़्यादा मानसिक तनावों में जीवन मत बिताइए; अपनी आय और अपनी सामर्थ्य के अन्दर रहिए। दिन में तीन बार खाइए और भोजन में फल,

मेवे, उत्तम धान्य, अण्डे और दूध को सम्मिलित कीजिए। प्रारम्भ से ही. बुरी आदतों से बचिए और जीवन-भर उनसे दूर रहिए सिगरेट, बीड़ी, पान और सुंघनी आदि को कभी प्रयोग मत कीजिए। नियिमित रूप से दैनिक व्यायाम कीजिए। याद रखिए, स्वच्छता ईश्वरीय देन है। तेज़ चाय और कॉफी से बचिए। जब शरीर थका हो, उसी समय सोइए और सप्ताह में एक दिन शरीर को पूरा आराम दीजिए। इस प्रकार आप 80 वर्ष का सुखी जीवन-यापन करने में सफल होंगे।"

वाल्ट व्हिटमैन ने बताया : *मैं बारह साल पहले कैमर्डन में जीवन के अंतिम दिन बिताने आया था, किन्तु मैं प्रतिदिन नंगे बदन खुले में निकलता, धूप की किरणों में नहाता, पक्षियों और गिलहरियों में विचरता और मछलियों के साथ खेलता रहता। इस तरह मैंने प्रकृति से स्वास्थ्य पा लिया।"

"जलवायु और सूर्य की किरणें, ये वस्तुएं स्वास्थ्य का सर्वोत्तम साधन हैं, जिनका कोई भी व्यक्ति स्वेच्छा से सेवन कर सकता है।"

मनुष्य का मन शरीर का प्रकृतितः रक्षक है। एक संतुलित, सुसंस्कृत और अनुशासित मस्तिष्क शरीर पर बड़ी सक्षमता से अपनी प्रतिक्रिया दिखाता है और उसमें सामंजस्य लाता है। इसके विपरीत चंचल, अविवेकशील, अनिश्चयी, अज्ञानी मस्तिष्क वाला व्यक्ति अन्तः कमजोरियों का शिकार हो जाता है। प्रत्येक पवित्र और स्वस्थ विचार, प्रत्येक सत्प्रेरणा, प्रत्येक उच्च आदर्श और निःस्वार्थ प्रयास-ये शरीर पर अपना प्रभाव डालते हुए उसे प्रबलतर, श्रेष्ठतर और सुन्दरतर बनाते हैं।

जितेन्द्रियता, सदाचार, पवित्रता, अच्छे विचार, स्पष्ट विचारधारा दीर्घ जीवन की ओर ले जाते है; उच्चादर्श, उच्च रहन-सहन, उदारहृदयता, दानशीलता, मानवमात्र से निःस्वार्थ प्रेम-ये सभी जीवनशक्ति को बढ़ाते हैं। जिन व्यक्तियों का आचरण इन गुणों के विपरीत होता है, उनका जीवन क्षय हो जाता है, अर्थात् उम्र कम हो जाती है।

पवित्रता

"अगर तुम संसद् के वास्ते फिर से चुने गए तो तुम किस चीज़ पर से कर हटवाओगे?" ये शब्द एक गंदा नज़र आने वाले व्यक्ति ने उस संसद्-सदस्य को टोकते हुए कहे, जो मंच पर से बोल रहा था। वक्ता ने उस टोकने वाले कालिख से पुते मुंह और हाथों को देखकर बड़ी गम्भीरता से कहा, "साबुन पर से, मेरे मित्र!"

एक सैनिक अधिकारी, जो बहुत प्रसन्न मुद्रा में था, मुख्य सैनिक डेरे में आकर बोला, "मेरे पास एक अच्छी कहानी है, जिसे मैं तुम लोगों को सुनाना चाहता हूं। हां, यहां कोई महिलाएं तो नहीं हैं न?"

जनरल ग्रांट उस समय अखबार पढ़ रहे थे। उन्होंने अख़बार से अपनी नज़र हटाकर उस सैनिक अधिकारी की आंखों में गड़ाई और धीरे-धीरे बोले, "महिलाएं यहां नहीं हैं, परन्तु भद्र पुरुष तो हैं।"

जार्ज डब्ल्यू चाइल्ड्स ने कहा है : "ग्रांट के चरित्र की सबसे बड़ी विशेषता उनकी पवित्रता थी। मैंने उन्हें अपवित्र विचार प्रकट करते या किसी भी प्रकार से उसका संकेत देते कभी नहीं सुना। उनकी कही हुई ऐसी कोई भी बात मैंने नहीं सुनी जोकि स्त्रियों की उपस्थिति में दोहराई न जा सकती हो। यदि कोई आदमी ग्रांट के पास नियुक्ति के लिए लाया जाता था और उन्हें पता लग जाता था कि वह व्यभिचारी है, तो ग्रांट महोदय उस व्यक्ति को नियुक्त नहीं करते थे, चाहे उन पर कितना ही बड़ा दबाव क्यों न डलवाया गया हो।"

उस महान सेनापति द्वारा गंदी कहानियों के विषय में दिए गए उत्तरों की कई घटनाओं को लेखक ने सुना है। एक बार किसी विदेशी नगर में अमेरिकी सैनिक अधिकारियों के लिए उन्होंने एक भोज का आयोजन

किया। जब वार्तालाप बढ़ते-बढ़ते अनुचित यौनसम्बन्धों की ओर मुड़ने लगा तो वे सहसा उठ खड़े हुए और बोले, "भद्र पुरुषो, मुझे क्षमा कीजिए। मैं अब चलूंगा।"

पुरुष की महानता इस बात में है कि उसके होंठ साफ़ हों, अर्थात् उसके मुख से कोई गंदी बात न निकले, और उसका मस्तिष्क भी साफ़ हो, अर्थात वह कभी बुरी बात न सोचे। स्त्री की महानता इस बात में है कि वह बुराई को अपने विचारों तक में भी न आने दे।

ईसाक न्यूटन का जवानी के दिनों का सबसे घनिष्ठ मित्र था-एक प्रसिद्ध विदेशी रसायनज्ञ। उन दोनों का चोली-दामन का साथ था; परन्तु एक दिन उस इटलीवासी ने एक गंदी कहानी सुनाई, और उस दिन के बाद न्यूटन ने फिर कभी उसके साथ संगति नहीं की।

इसलिए आप चरित्र की पवित्रता को अपने सामने रखिए, क्योंकि यह तो सर्वश्रेष्ठ मनुष्यता का प्रतीक है, जिसे छाती पर लगाना चाहिए।

आदमी वैसा ही बन जाता है, जैसी कि उसकी प्रवृत्तियां होंगी। यदि वह उदारता को प्रोत्साहन देता है तो उसका प्रत्येक भाव इससे पुष्ट होगा; यदि वह अपवित्र, कटे और विषाक्त विचारों को पालता है तो उसकी अपनी आत्मा उस विष को जब कर लेगी, और वह मनुष्यों में ऐसे रेंगेगा जैसे कि एक काला सांप, जिसका जीवन दुष्टतापूर्ण है और जिसका संदेश मुत्यु है।

इंद्रियों के विषय में विद्रोही नाविकों के समान हैं, जिन्हें समुद्री जहाज़ के तहखानों से ऊपर नहीं आने देना चाहिए।" अपने पाशविक स्वभाव को शरीरूपी जहाज़ में रहकर केवल समुद्र पार करने की अनुमति दीजिए, जैसे कि विद्रोही नाविकों को जहाज़ के तहखानों में कैद कर दिया जाता है। .

विख्यात वक्ता **जॉन बी. गफ** के फिलाडेल्फिया के मंच पर अंतिम शब्द ये थे : "युवक, अपना लेख साफ़ रखें।" और ऐसा लगता है कि इन शब्दों में उस महान वक्ता की समूची शिक्षा सिमट गई है।

यदि हृदय निर्मल न हो तो आप यह निश्चित मानिए कि न तो विचार विमर्श निर्मल होंगे, न वार्तालाप और न जीवन। यदि चरित्र ऐसा निर्मल हो जैसे कि दर्पण, तो उसमें से आर-पार देखा जा सकता है। कभी-कभी किसी व्यक्ति के बारे में कहा जाता है, "मैं उस आदमी को पसन्द करता

हूं, वह सच्चा और सीधा-सादा है; आप उसके आर-पार देख सकते हैं।"

युवा पीढ़ी के एक सच्चे हितैशी ने लिखा है : "मेरा परामर्श दोषपूर्ण होता यदि मैं युवकों को यह सिखाता कि चारित्रिक पवित्रता केवल दुनिया से अलग रहकर ही सम्भव है। हम इस प्रकार की पवित्रता नहीं चाहते, जो केवल एकान्त में पनप सकती है। हमें तो वह प्रबल और मानवीय पवित्रता चाहिए, जो दुनिया के घिनौने से घिनौने प्रलोभनों के बीच में भी अपने-आपको बेदाग रख सके-ठीक उसी प्रकार, जिस प्रकार कि नर्गिस अपने रुपहले और सुनहले; परन्तु नाज़ूक प्यालीनुमा फूल को आकाश की ओर उठाती है और उस धरती से बेदाग रहती है, जिस धरती में वह उगती हैं, हालांकि वह धरती अन्य पौधों की सड़न का भंडार होती है।"

खाड़ी की धारा[1] समुद्र के बीचोबीच ऐसी बहती है जैसे कि वह एक नदी हो। परिणामस्वरूप कई बार किसी जहाज़ का एक सिरा इस धारा के गर्म पानी में और दूसरा सिरा समुद्र के ठंडे पानी में होता है। ठीक वैसे ही एक निर्मल और पवित्र (व्यक्ति का जीवन-पोत दुनियावी व्यवहारों और विलासितायुक्त गतिविधियों के बीचोबीच बहता है; परन्तु उनमें कभी भी नहीं मिलता।

जब अमेरिकी उपराष्ट्रपति विल्सन मृत्युशय्या पर पड़े थे, तब उन्होंने कहा था : "यदि मुझे ठीक वैसे ही करना, सौचना और करना पड़ता जैसेकि एक व्यक्ति मुझे आदेश देता, तो उस एक आदमी के लिए मैं विटियर को चुनता। मेरा विश्वास है कि सारी दुनिया में इस तरह वही सबसे अधिक निर्मल व्यक्ति है-एक ऐसी आत्मा, जो आकाश के समान स्वच्छ है।"

"नहीं-नहीं, ये व्यर्थ की बातें नहीं हैं," यह वाक्य **जॉर्ज व्हाइट फील्ड** ने उस समय कहा था, जब एक मित्र ने उनसे पूछा था कि वे नहाने और अपने वस्त्र एकदम उजुले रखने का विशेष ख्याल क्यों रखते हैं, "एक पादरी को अपने वस्त्रों में बेदाग़ होना चाहिए।"

---

1. गर्म पानी की यह धारा मैक्सिको की खाड़ी से प्रारम्भ होकर प्रशान्त महासागर के ठंडे पानी में बहती हुई इंग्लैण्ड के समीप आकर समाप्त हो जाती है। गर्म पानी का ठंडे पानी में बिना मिले हजारों मील तक बहना कितनी विचित्र बात है!

बुरे विचारों से ऐसे बचिए जैसे कि आप अपराध करने से बचना चाहेंगे। क्षण-भर के लिए भी उन्हें ठहरने का स्थान मत दीजिए, कहीं ऐसा न हो कि उनकी गंदी छूत से आपकी आत्मा में ऐसे चित्र अंकित हो जाएं, जिनको मिटाने के लिए आपकी धर्मनिष्ठा भी असमर्थ हो। किसी बुरी तस्वीर या किसी बुरी पुस्तक को केवल एक बार देखने-भर से अनेक सुखी व्यक्तियों की शांति भंग होती देखी गई है।

जैसे ग्रामोफ़ोन द्वारा किसी रिकार्ड को अनेक बार बजाया जा सकता है, उसी प्रकार मस्तिष्करूपी फ़ोनोग्राफ भी किसी बुरी कहानी को जीवन के रहते ही नहीं, बल्कि उसके अंतिम समय तक दोहराता रह सकता है। एक भी ऐसी कहानी मत सनिए। आप इसके दाग को अपने जीवन से कभी दूर नहीं कर सकते। इसकी हानिकर ध्वनि सदा-सदा के लिए आपके कानों में पड़ती रहेगी। चिकित्सकों का कहना है कि शरीर का प्रत्येक अण लगभग सात वर्षों में बदल जाता है; परन्तु कोई भी रसायनशास्त्र, क्या मानवीय और क्या दैवी, मस्तिष्क से बुरी तस्वीर को पूर्णतया नहीं निकाल सकता। जिस प्रकार पोम्पिआई का रंग नहीं उड़ा. उसी प्रकार मस्तिष्क में अंकित ये बुरी तस्वीरें बुढ़ापे में भी इतनी चमकदार रहती हैं। जितनी कि जवानी में।

कारावास में डाली हुई बेचारी डेनमार्क की महारानी कैरालिन मैटिल्डा ने जो शब्द अपने गिरजे की खिड़की पर लिखे थे, वे शब्द सभी लोगों को अपनी प्रार्थना में शामिल करने चाहिएः "हे ईश्वर! मुझे निर्दोष बनाए रखिए और बड़प्पन औरों को दीजिए।"

जूडास नामक वृक्ष के फूल पत्तों से पहले उगते हैं और उनका रंग बहुत चमकीला होता है। फूलों की सुन्दरता-शिखा असंख्य कीड़ों को अपनी ओर खींचती है और भटकती हुई मधुमक्खी मधु इकट्ठा करने के लिए इस ओर आकृष्ट होती है; परन्तु इन फूलों पर बैठने वाली हर मधुमक्खी पर ऐसा विष चढ़ता है कि वह मस्कर गिर पड़ती है। इस लुभाने वाले वृक्ष के नीचे की धरती पर इसके घातक आकर्षक के शिकार बिखरे हुए दिखाई देते हैं।ईरान में लार नदी पर एक बहुत अच्छी चट्टान है, जिसमें एक-दूसरे से कुछ फुट की दूरी पर दो छेद हैं। इस चट्टान को वहां के लोग 'शैतान का पहाड़' कहते हैं। इस चट्टान के समीप बहुत गहरे धरती के गर्भ में कभी बंद न होने वाली गम्भीर दहाड़ सुनाई देती है नीचे क्या हो रहा

है, यह देखने के लिए कभी किसी ने नीचे जाने का दुःसाहस नहीं किया, क्योंकि उन छेदों में से एक जहरीली गैस निकलती है, जिसमें सांस लेने से प्रत्येक जीवित वस्तु मर जाती है। इस ज़हरीली गैस में सांस लेने से मरे कोड़ी-दो कोड़ी पक्षी सदा ही इस चट्टान के आसपास पड़े रहते हैं। और बहुधा मृत्यु के कारण अकड़ा हुआ एक-आध रीछ भी छेद के समीप देखा गया है।

उपर्युक्त छेदों और गहराइयों की तरह समाज में भी ऐसी गहरी खाइयां हैं, जहां मृत्यु का साम्राज्य है और जो अपने मारक छूत के रोग को सदैव फैलाती रहती हैं।

चारित्रिक अपवित्रता की मादक दुर्गन्ध से दुनिया भरी पड़ी है। इसे दुर्गन्ध को जिसने लेशमात्र भी सुंघा है, क्या उसने यह अनुभव नहीं किया है कि उसके जीवन में से कोई अनमोल वस्तु बाहर निकल गई है-एक पुरुष, एक सुगन्ध, एक दैवी निर्मलता-और क्या उसके जीवन में प्रवेश कर गई है, जिसने उसकी आत्मा को अंधेरे में डुबा दिया है?

यह बात कितनी सच है कि शारीरिक पाप पापी को स्वयं ही दंड दे देता है। छिपकर दुष्कर्म करने के कारण हम कितने ही मनुष्यों को अधोगति में पहुंचते और कितनी ही आंखों पर परदा पड़ता हुआ देखते हैं। परिणाम यह होता है कि प्राकृतिक सामंजस्य बिगड़ जाता है और अनुभूतिशीलता नष्ट हो जाती है; उस सब कुछ के लिए जो सर्वोच्च और सर्वोत्तम है, हृदय के कपाट बंद हो जाते हैं और तब उस हृदय में 'वांछनीय' कुछ भी नहीं रह जाता। अपनी पवित्रता खोकर आदमी केवल अपनी पवित्रता ही नहीं खोते हैं, बल्कि वे स्वयं को ही खो बैठते हैं।

एपिक्यूरस ने कहा है : "वह आदमी कभी सुखी नहीं हो सकता, जो पवित्रात्मा न हो।"

इस दुनिया में कोई भी ख़ज़ाना इतना बड़ा नहीं है जितना कि पवित्रता की अनुभूति। और इसे बनाए रखने के लिए आदमी को न सिर्फ उन कामों से बल्कि उन अपवित्र विचारों से भी बचना चाहिए, जो उसे बर्बाद कर सकते हैं। क्या आदमियों को और क्या औरतों को, दोनों को बराबर-बराबर अपनी शारीरिक और आत्मिक पवित्रता की आराधना करनी चाहिए।

जवानी की तरह एक बार मासूमियत खो जाए तो दोबारा कभी भी प्राप्त नहीं हो सकती; लेकिन चारित्रिक पवित्रता को जो कि एक अपेक्षाकृत

ऊंची वस्तु है, हरेक ऐसा व्यक्ति प्राप्त कर सकता है, जो यत्न करता है। और विचलित नहीं होता।

अनेक व्यक्तियों का जीवन कुविचारों की सड़न के परिणामस्वरूप नष्ट हुआ है। इस बात को नहीं समझ पाते कि कल्पना में बार-बार दोहराए गए विचार अपने गुण के अनुसार अनजाने में हमारे चरित्र पर अच्छा या बुरा प्रभाव डालते हैं। संभवतः वह सबसे बड़ी शक्ति, जो हमें अपने को बनाने या बिगाड़ने के लिए दी गई है, वह है कल्पनाशक्ति, जो कि नियंत्रण के अभाव में एक संत को भी पथभ्रष्ट कर सकती है।

मलिन हो जाने पर यही कल्पनाशक्ति कितनी पतनकारी एवं घातक हो जाती है! एक अनमोल जीवन को नष्ट करने में रुग्ण कल्पनाशक्ति का कितना बड़ा हाथ है, इस बात को बहुत थोड़े लोग समझते हैं। कदाचित खराबी बुराई के एक ज़रा-से धब्बे से शुरू होती है। मनुष्य को शाप या वरदान देने की, उसका निर्माण या विनाश करने की, उसे अच्छा या बुरा व्यक्ति बनाने की, उसे सुखी या दुःखी करने की, या हमारे भाग्य को प्रभावित करने की ऐसी शक्ति सम्भवतः और किसी मानवीय गुण में नहीं है जैसा कि हमारी कल्पना में है।

कलाकार **पीटर लिली** किसी बुरे चित्र को इसलिए कभी नहीं देखता था कि कहीं उससे वह बुराई न आ जाए जोकि उसकी कला का अंग बन जाए।

हृदय की पवित्रता युवकों के लिए सबसे प्रथम निदेशक सिद्धान्त है। उन व्यक्तियों की बात पर कान मत दो, जो यह कहते हैं कि "पाप अथवा पशुता एक आवश्यकता है।" जो अनुचित है, वह कभी भी आवश्यक नहीं हो सकता। अंग्रेजों के महाकवि मिल्टन का कहना है : "समस्त पापाचार अथवा पशुता दुर्बलता है।" पशुता और बल दो ऐसी वस्तुएं हैं, जिनमें रत्ती-भर की समानता नहीं है। चारित्रिक निर्मलता में निहित हैं-बल, स्वास्थ्य एवं शक्ति।

एच.आर. स्टोरर का कहना है : "बच्चों को चारित्रिक निर्मलता की शिक्षा अवश्य देनी चाहिए। यौन-सम्बन्धों के बारे में निस्संदेह उनमें से बहुत-से बच्चों में अपनी आयु से पहले ही यौन-सम्बन्धों के बारे में विचारधारा दूषित होने लगती है। अपने साथियों से उन बातों के बारे में कुछ न कुछ जाने बिना किसी बालक को यौवन अठारह-उन्नीस वर्ष की उम्र तक पहुंच पाना नितान्त असंभव है।"

पाप के इन पौधों के बारे में, ज़ो अंधकार में उगते, बढ़ते और फूलते हैं और अपनी संक्रामक दुर्गन्ध छोड़ते हैं, वह मूर्खताभरी और घातक ख़ामोशी क्यों?

विलियम ऐक्टन का कहना है : "मैंने देखा है कि जिन रोगियों ने यह स्वीकार किया है कि वे व्यभिचार का अनुसरण करते रहे हैं, उन सबने इस बात पर दुःख प्रकट किया है कि जब वे बच्चे थे, उस समय किसी ने भी उन्हें व्यभिचार के दुष्परिणामों की चेतावनी नहीं दी थी, और उन्होंने मुझ पर बार-बार इस बात के लिए दबाव डाला है कि मैं माता-पिताओं, अभिभावकों, अध्यापकों और शिक्षा के क्षेत्र में सम्बन्धित अन्य व्यक्तियों को इस बात की प्रेरणा दें कि वे अपने संरक्षण में रहने वाले किशारों अथवा किशोरियों को उनके मार्ग में आने वाले खतरों की कुछ चेतावनी, कुछ सूचना देने के महत्त्व को समझें। माता-पिताओं और अभिभावकों को मैं यह नेक सलाह देगा कि वे अपने संरक्षण में रहने वाले बच्चों के जीवन को स्वच्छ और निर्मल बनाने के लिए बड़ी सहानुभूति के साथ यौन-सम्बन्धी सारी जानकारी बेझिझक दें।

एक सुविख्यात लेखक का कहना है : "यदि युवा व्यक्ति पाप के मार्गों द्वारा अपने शरीर और मस्तिष्क को दूषित कर लें तो उन कुमार्गों को छोड़ने के बाद, चाहे कितना भी समय बीत जाए, परन्तु इस बात की संभावना न के बराबर है कि वे प्रकृति द्वारा मूलरूप से प्राप्त अपनी शारीरिक निदोषता और आध्यात्मिक निर्मलता को फिर से पा सकें।"

चारित्रिक पापों से बचने के लिए केवल एक रामबाण औषधि है और वह सदा किसी न किसी काम में लगे रहना और निर्मल, उच्च विचारधारा रखना। चारित्रिक पाप की मकड़ियां निठल्ले जीवन के प्रकोष्ठों में जल्दी ही अपने जाले बुन लेती हैं।

हम बड़ी आसानी से जीवन की पवित्रता को भुला देते हैं। यह व्यक्ति को ऊंचा उठाती है, ताकि उसे आत्मसम्मान की भावना का अनुभव हो और वह यह भी अनुभव करे कि ईश्वर ही जीवनदाता है और यह जीवन अपने में समेटे हैं-अतीत के सभी दुःखदर्द और आने वाले समय की आशा-आकांक्षाएं। जब आदमी इस तथ्य को समझ लेता है, वह खुशी-खुशी एक क्षणिक विषयभोग को त्याग देता है, ताकि वह जीवन को निर्मल, सबल और अजेय बना सके; और जैसा बेदाग इसे प्राप्त किया था, वैसा

ही बेदाग इसे लौटा दे।

जब कोई व्यक्ति इन बुराइयों को पतन अथवा विनाश की ओर ले जाने वाली घुसपैठ का सामना करने का दृढ़संकल्प नहीं करता, या करके पालन नहीं करता तो उसी क्षण से उस युवक की भावनाओं, स्थिति और भविष्य में अन्तर आ जाता है। वह इस प्रकार अपने-आपको रुग्ण और गंदे विचारों के हाथ में सौंप देता है, मानो वे उसके स्वामी हों। हो सकता है कि वह इस परिवर्तित दशा या अन्त से बेखबर हों, परन्तु निर्दोष अथवा निर्मलहृदय होने से जो आत्मविश्वास मन में होता है, इस बीच वह भी हाथ से निकल चुका होता है। घर अब वह घर नहीं रह जाता, जो पहले हुआ करता था। माता-पिता और बहनों की उपस्थिति और संगसाथ जो अब तक आपको विश्वास और प्रेम के कारण खुशी दिया करते थे, अब केवल दुविधा और असमंजस के कारण मात्र रह जाते हैं। पहले मिलन के खुले निर्दोष, प्रसन्नचित्त बर्ताव के बदले में अब रह जाते हैं-रोष, मौन और क्रोधभरी चिड़चिड़ाहट, और फिर कैसा दंड मिलता है! प्रत्येक उत्कृष्ट भावना अगर नष्ट नहीं होती तो कुंठित अवश्य हो जाती है; प्रत्येक पवित्र वस्तु से घृणा हो जाती है; प्रार्थना और सार्वजनिक पूजा से चिढ़ होने लगती है और वे बजाय आनंदवर्धन के दुःख देने लगती है। जीवन का विनाश करने वाली इस प्रवृत्ति का अपनी पूरी शक्ति से मुकाबला करना चहिए।

एक बार कुछ चरवाहों ने एक गरुड़ पक्षी को पहाड़ की चोटी पर उड़ते देखा। यह शान से आकाश में ऊंचे उड़ता रहा, परन्तु धीरे-धीरे वह डगमगाने लगा और देखते ही देखते उड़ने में असमर्थ होने लगा। पहले एक पंख लटक गया और फिर दसरा पंख भी। यह क्या, वह बेचारा पक्षी धड़ाम से धरती पर आ गिरा! उन चरवाहों ने गरुड़ को ढूढ़ा तो देखा कि एक छोटे-से सांप ने उस गरुड़ के शरीर पर उस समय अपने-आपको कसकर लपेट लिया था, जब वह चोटी पर सुस्ता रहा था। गरुड़ को यह मालूम नहीं था कि वहां सांप है; पर सांप गरुड़ के पंखों में से रेंगता हुआ उसके जिस्म से चिपक गया था। जब वह अभिमानी खगराज हवा में उड़ान भर रहा था, तब सांप ने गरुड़ के मांस में अपने दांत गड़ा दिए, जिससे वह पक्षी चक्कर खाता हुआ धूल में जा मिला। सैम्सन की यह कथा अनेक व्यक्तियों के जीवन की दास्तान है। हमारा कोई गुप्त पाप चिरकाल से उक्त

सांप के समान हमारे हृदय तक पहुंचने के लिए, मांस नोच-नोचकर, अपना रास्ता बनाता चला आ रहा है और अन्त में हमारा स्वाभिमानी जीवन मलिन और अपमानित होकर धूल में मिल जाता है।

बेचारा भग्नहृदय व्यक्ति अपमान की घड़ी में चिल्ला उठता है, "हाय, कोई मुझे पवित्र कर दे और मुझमें फिर से एक सच्चा उत्साह भर दे!

अपवित्रता के परिणामों से मुक्त होने के लिए हजारों आदमी अपना दाहिना हाथ काटने के लिए तैयार हैं।

इस बात को एकदम स्पष्ट ही कहूं तो मुझे विश्वास है कि अगर युवक अपने पापाचार से स्वास्थ्य पर होने वाले दुष्परिणामों को जानते और समझते तो वे उससे तौबा कर लेते। यह बड़ी आसानी से हो सकता है। और असल में यह बहुत बार होता भी है कि पवित्रता या निर्मलता के मार्ग से केवल एक पग इधर-उधर हो जाने से न केवल आदमी के अपने सारे जीवन में दःख और रोग के बादल छा जाते हैं, बल्कि उस व्यक्ति की भावी सन्तान भी जीवनभर के लिए उस व्यक्ति के रोग से ग्रस्त हो जाती है।

अच्छी और निर्मल संगति में रहिए। उन लोगों को, जिनका जीवन में कोई ऊंचा ध्येय नहीं है या जो पवित्रता के नाम पर नाक-भौं सिकोड़ लेते हैं, कदापि अपना साथी या मित्र न बनाइए। उन्हें चुनिए, जो स्वच्छ और उपकारी हैं और जिनका कोई लक्ष्यविशेष है और जो इस संसार में कुछ करने की उत्कृष्ट इच्छा रखते हैं। ऐसे गुप्त साथी मत बनाइए, जिनके साथ आप अपनी मां या बहन का परिचय कराना पसन्द न करते हों।

वे लेखक सबसे ख़तरनाक हैं, जिनकी लेखनी में पापाचार का वर्णन ऐसे कौशल से अंकित किया होता है कि वे ऊपर से देखने में गंदे या अपवित्र नहीं लगते, पर अपवित्रता की गहरी प्रतिछाया हमारे मन-मस्तिष्क पर डाल देते हैं। किसी लेखक में स्पष्ट अश्लीलता स्वंय उस अश्लीलता से बचने का एक उपाय है। वह तो वास्तव में उस शत्रु के समान है, जो हम पर खुल्लमखुल्ला हमला करता है, और इस प्रकार हमें बचाव का एक अवसर देता है; परन्तु प्रच्छन्न अपवित्रता, जो सुन्दरता के मुखौटे के नीचे से इधर-उधर फैलाई जाती है, उस विश्वासघाती मित्र के समान है, जो हमारे साथ ही बाग में चहलकदमी करता है और हमें विषैले पौधों को गंध सुंघाकर मूर्छित कर देता है।

फ्रांसीसी ढंग के उपन्यास और अपने साहित्य में उनकी नक़ल को कई बार 'समाज का ऐसा गन्दा नाला' कहा जाता है, जिसमें संसार के सबसे गंदे शहरों की गंदगी बहकर आ गिरती है।

फिलाडेल्फिया के एक महापौर ने कहा था कि वे अगले वर्ष जेलों में अपराधी लड़कों की संख्या में दो-तिहाई की कमी कर सकते हैं, यदि वे रंगशालाओं में गंदे नाटकों का प्रदर्शन रोक सकें और गंदी पुस्तकों का छपना बंद कर सकें।

ब्रिटिश सरकार के एक अधिकारी ने इस बात की पुष्टि की है कि जितने भी लड़कों का अपराध न्यायालय के सामने लाया गया था, उनमें से लगभग सभी का पतन गंदे साहित्य को पढ़ने के कारण हुआ था।

इसलिए युवक या युवतियों! अपने निर्मल हृदय की रक्षा करिए। निर्दोष बने रहिए, चरित्र को कभी मत खोइए; यदि यह चला गया तो समझ लीजिएगा कि आप अपने बक्से में से परमात्मा की दी हुई सबसे ज़्यादा अनमोल वस्तु खो बैठे हैं। कल्पना की, विचार की और भावना की सहजात निर्मलता यदि मैली हो गई हो तो दुनिया का कोई भी साबुन उसे धोकर उजला नहीं कर सकता; यदि वह खो गई तो समझिए, आंसू बहाते हुए चाहे कितनी भी सावधानी से इसे ढूढ़ा जाएगा, वह दोबारा नहीं मिल सकेगी। यदि सांरगी टूट जाए तो कारीगर उसकी मरम्मत कर सकता है; यदि दीपक बुझ जाए तो लौ उसे फिर से जला सकती है; परन्तु यदि एक फूल कुचल दिया जाए तो संसार की कौन-सी कला उसे फिर से विकसित कर सकती है? यदि वायु किसी सुगंध को उड़ा ले जाए तो उसे कौन व्यक्ति फिर से इकट्ठा कर सकता है या वापस ला सकता है?–कोई नहीं, कोई नहीं!

दाम्पत्य-संबंध

मैं तो सबसे यही कहूंगा कि यदि आप में सामर्थ्य है तो एक मकान खरीदिए और उसे अपने नाम कर लीजिए। यदि सौभाग्य से कहीं मोटी रक़म मिल जाए तो उससे एक मकान खरीद लीजिए।

किसी के भी ऐसे प्रलोभन मैं मत आइए, जिससे आप अपनी सारी बचत की रकम कारोबार में लगा दें। पर्याप्त राशि निकालिए और एक मकान खरीदिए। यदि आप चाहें तो बची हुई राशि वापस कारोबार में लगा दीजिए, लेकिन सबसे पहले एक मकान खरीदिए। मैं फिर कहता हूं कि एक मकान खरीदिए और उसे कभी मत बेचिए।

सिडनी स्मिथ का कहना है : "हमारा किसी से प्रेम करना और किसी का हममे प्रेम करना जीवन का सबसे बड़ा आह्लाद है।"

होम्स का कहना है : "खूबसूरती बहुत बड़ी चीज है, परन्तु कपड़ों की, मकान की और मेज-कुर्सियों की खूबसूरती घरेलू प्यार के मुक़ाबले में बहुत तुच्छ आभूषण है। दुनिया की सारी नज़ाकत और खूबसूरती मिलकर भी एक घर नहीं बसा सकतीं; मेज़-कुर्सी आदि से भरा समुद्री जहाज़ों के तथा कारीगरों द्वारा पैदा की गई उस सारी शानो-शौकत के मुकाबले में मैं तो एक थोड़े-से हार्दिक प्रेम को अधिक मूल्य दूंगा।"

जेरमी टेलर का कहना है : "विवाहित जीवन एकाकी जीवन से अधिक सुरक्षित है। इसमें आराम तो अधिक नहीं, परन्तु खतरा कम है; इसमें खुशियां भी अधिक हैं और गुम भी अधिक हैं, यह अधिक बोझ और ज़िम्मेदारियों से दबा हुआ है; परन्तु इसे थामे हुए है- प्रेम और उदारता का बल, जिससे भार भी सुखदायक हो जाते हैं। शादी संसार की मां है, इसी पर शासन टिके हुए हैं। इसी की बदौलत नगरों, मंदिरों में रौनक

होती है और इसी के फलस्वरूप मानव इस धरती को स्वर्ग बना लेता है।

बायरन का घरे दयनीय था, उसकी माता क्रोधी स्वभाव की थी, इसलिए बायरन का सारा जीवन कष्टों और दुःखों से भरा रहा। वह चारित्रिक निर्मलता का उपहास उड़ाता, हर अच्छाई पर सन्देह करता और धार्मिक बातों से घृणा किया करता। उसका भाग्यहीन, दुराचारपूर्ण जीवन वास्तव में उसके दोषपूर्ण घरेलू रहन-सहन का सहज परिणाम था।

मैंने सार्वजनिक भाषणों में लोगों को यह चर्चा करते हुए सुना है कि पुरुष क्या है; स्त्री क्या है? जब तक कोई उसकी बेहतर परिभाषा नहीं देता, मैं आपको बताऊंगा कि स्त्री क्या है। वह सीधी स्वर्ग से आई-एक पवित्र और सुकुमार उपहार के रूप में, और वह इतने प्रेम से भरी हुई है कि उसे प्रेम की थाह को किसी मानवी गज़ से नहीं नापा जा सकता। वह घर, समाज यहां तक कि सारी दुनिया को पवित्र करने के लिए, सुख-चैन देने के लिए, ऊंचा उठाने के लिए और जंगमगाने के लिए बनाई गई है। वह इतनी अमूल्य है कि कोई भी उसका मूल्य नहीं आंक सकता और यदि आंक सकता है तो केवल वही व्यक्ति, जिसकी मां इतने समय तक जीवित रही हो कि वह उसके महत्त्व को समझ सका हो या फिर वह व्यक्ति नारी का मूल्य आंक सकता है, जिसे जीवन के संकट-काल में, जबकि सब ओर से उसे निराशा मिली हो, तब उसकी धर्मपत्नी ने ईश्वर में गहरी आस्था रखते हुए उसका संबल बढ़ाया हो।

"एक परुण का एक स्त्री के साथ स्थायी गठबंधन प्रेम और आदर का ऐसा नाता जोड़ देता है, जो और किसी भी प्रकार दो व्यक्तियों के बीच नहीं जोड़ा जा सकता।"

जब सेनापति **लैफायेट** संयुक्त राज्य अमेरिका में थे तो दो युवकों का उनसे परिचय कराया गया। उन्होंने एक को कहा,

"क्या तुम विवाहित हो?"

उत्तर था, "जी हां।"

सेनापति बोले, "तुम सुखी आदमी हो!"

यही प्रश्न उन्होंने दूसरे आदमी से पूछा। वह बोला, "मैं कुंआरा हूं।"

सेनापति ने कहा, "खुशकिस्मत पालतू कुत्ते।" विवाहित जीवन पर अब तक यही सबसे अच्छा लेख है।

जो पुरुष विवाहित जीवन की चिंताओं के कारण विवाह से कतराता

है, वह एक नगण्य परेशानी के भय से अपने-आपको एक महान आशीर्वाद से वंचित करता है। वह तो ऐसे व्यक्ति जैसा है, जिसने अपनी टांगें इसलिए कटवा दीं कि पैरों में गोखरू नामक फोड़ा न हो जाए।

ऐसे सज्जन भी हुए हैं, जिन्होंने कभी विवाह नहीं किया, और फिर भी यदि साधारण मापदण्ड से उनका जीवन देखा जाए तो वह एक सफल जीवन होगा; परन्तु जो भी उनके बारे में पढ़ते या सुनते हैं, वे यह अनुभव करते हैं कि ऐसे व्यक्तियों के जीवन में कुछ कमी थी-उनका जीवन अपूर्ण था।

संसार ऐसी लड़कियों से भरा हुआ है, जिन पर एक्टिंग (अभिनय) के पेशे का जादू छाया हुआ है। वे कल्पना करती हैं कि यदि वे अमुक सफ़ल अभिनेत्री के स्थान पर होतीं तो इस संसार में होते हुए भी स्वर्ग में ही होती; परन्त क्या अमक बहुचर्चित अभिनेत्री भी यही कल्पना करती। है कि वह स्वर्ग में है? कछ समय बीता. एक संवाददाता ने ऐसी ही एक महान अभिनेत्री से पूछा था कि वह उस लड़की को क्या सलाह देगी, जिसका चेहरा-मोहरा सुन्दर व स्वर मधुर हो और जो मंच पर आना चाहती हो? उस महान अभिनेत्री ने उत्तर दिया था, "मैं उसे यही कहूंगी कि वह तुरन्त अपने घर वापस चली जाए और अपनी जुराबें सी ले। वह और कुछ भी करे, परन्तु इस पेशे में कभी न आए। अभिनय के क्षेत्र में रत्तीभर भी खुशी नहीं है। यह तो कभी न समाप्त होने वाली चिंताओं का जीवन है। अभिनय-कला में उस स्त्री के लिए कोई स्थान नहीं है, जिसका अभिनय से किसी पुरुष से नहीं) पूरी तरह गठबन्धन न हुआ हो। कलाकार महिला को विवाह करने के बारे में नहीं सोचना चाहिए। जब तक वह मंच पर है तब तक वह किसी भी आदमी की पत्नी बनने योग्य नहीं है। उसका मन दो जगह बंट जाता है--एक, कला-साधना के लिए और दूसरा, पति के लिए, और कोई भी पुरुष ऐसी स्थिति को पसन्द नहीं करता। पति घर का मुखिया होना चाहता है। वह चाहता है कि उसकी पत्नी उसी के लिए हो। वह नहीं चाहता कि उसका नाम इश्तहारों में छपे या उसकी तस्वीर हर खिड़की में लगी हो। और यह है भी ठीक नहीं-नहीं, अभिनय-मंच बेशक मन को ललचाने वाला है, परन्तु एक पत्नी के लिए उसमें कोई स्थान नहीं है। यह तो उस स्त्री के लिए है, जो कला के लिए जीती है। यही कारण है कि मैं अभिनय के जादू से मुग्ध लड़कियों को

कहती हूं, अपने घर में रहो; वस्त्र सीओ, पढ़ो, पढ़ाओ, विवाह करो, चाहे कुछ भी करो, परन्तु इस पेशे में मत आओ।"......

यह ठीक ही कह गया है कि सच्ची अर्थात् योग्य वधू तो खोजने से ही मिलती है। वह अपने को उस प्रकार प्रदर्शित नहीं करती, जिस प्रकार कि बनिए की दुकान में, शीशे के केस के पीछे, रखी बिकाऊ वस्तुएं। वह फ़ैशन की दीवानी नहीं होती। साधारणतः यह धनी भी नहीं होती। लेकिन जब आप उसे ढूंढ़ लेंगे तो आप यह देखकर आश्चर्यचकित हो जाएंगे कि उसका हृदय कैसा है। कितना महान, शुद्ध और स्त्रियोचित! जब आप उसका मन देख लेंगे तो आप इस बात पर सन्देह करने लगेंगे कि जो दिखावा करने वाली महिलाएं आपने बाहर देखी थीं, क्या वे स्त्रियां थीं भी या नहीं? यदि आप उसका प्यार पा सकें तो आपके हज़ार रुपये लाखों रुपये के बराबर हो जाएंगे। वह आपसे गाड़ी की मांग नहीं करेगी और न ही एक महंगे मकान की; वह सादा कपड़े पहन लेगी और आवश्यकता होने पर उन्हें पलट भी लेगी। वह आपकी ऊपर की मंज़िल वाली बैठक में हर वस्तु को साफ़ और यथास्थान रखेगी और जब आप यह समझ बैठेंगे कि आपकी बैठक पहले कभी इतनी खुली नहीं थी। वह सच्चे मित्रों की आवभगत थोड़े-से पैसों में कर देगी और आपको इस नये विचार से आश्चर्यचकित कर देगी कि खुशी पैसों पर कितनी कम निर्भर है। वह आपको घर से प्रेम करना सिखा देगी। (यदि आप नहीं सीखते तो आप सचमुच जंगली जानवर हैं, जिसे कुछ सिखाया ही नहीं जा सकता।) और यह भी सिखाएगी कि फैशन के दीवाने जिस समाज से आप घृणा करते हैं; लेकिन जो यह सोचने का निष्फल प्रयास करता है कि वह सुखी है-ऐसे समाज पर कैसे दया करनी चाहिए?

वह युवक कहीं अधिक बुद्धिमान है, जो संसार की सबसे मूर्ख लड़की से शादी करता है बशर्ते कि वह उसे प्रेम करती हो, अपेक्षाकृत उस युवक के, जो संसार की सबसे प्रतिभाशाली लड़की से शादी करता है, लेकिन जो बर्ताव में ठंडी, लिसलिसी और संवेदनारहित हो। उस युवक के लिए यह पर्याप्त है कि वह लड़की मधुर स्वभाव वाली हो, उसके काम से सहानुभूति रखती हो, उसके विचारों के प्रति संवेदनशील हो, और उसके सर्वोत्तम गुणों की प्रशंसा करती हो। ये हैं नारी के गुण, जो चिरस्थायी हैं–जो पुरुष के साथ जीवन-भर रहते हैं।

एक सुशील लड़की अपने पति के लिए दहेज में जितना धन ला सकती है, उस सबकी तुलना में कहीं अधिक मूल्यवान है उस लड़की का प्रेम-भरा दिल। धन तो खर्च हो जाता है और खूर्चा हुआ धन वापस नहीं आता; परन्तु एक सुशील लड़की का प्रेम भरा दिल एक ऐसी वस्तु है, जो एक साल में तीन सौ पैंसठ बार उसके पति के पास वापस आ जाता है। यदि हम चाहें तो इस संसार में थोड़े-से धन से भी निर्वाह कर सकते हैं; परन्तु प्रेम एक ऐसी सम्पदा है, जिसकी हमारे यहां बहुलता होनी चाहिए और जिसे हम कभी भी इतनी मात्रा में इकट्ठा नहीं कर सकते कि हम यह कह सकें कि अब तो प्रेम जरूरत से ज्यादा हो गया।

जब थियोडोर पार्कर का विवाह हुआ तो उसने अपनी डायरी में विवाह के दिन को ही निम्नलिखित निश्चय लिख डालेः

पहला–यदि आवश्यक कारण न हों तो पत्नी की इच्छा का कभी विरोध न करना।

दूसरा-उसके लिए सभी कर्तव्यों को उदारता से पूरा करना

तीसरा-कभी न झिड़कना

चौथा-उसे कभी आंखें न दिखाना

पांचवां-उसे कभी भी आदेश दे-देकर परेशान न करना

छठा-उसकी चारित्रिक निर्मलता को प्रोत्साहन देना

सातवां-उसके काम-काज में हाथ बंटाना

आठवां-उसके छोटे-मोटे दोषों को नज़रअंदाज़ करना

नौवां-उसकी रक्षा करना, उससे प्रेम करना और सदा उसका पक्ष लेना

दसवां-उसके लिए भी परमात्मा से प्रार्थना करना।

ये आदेश जो पार्कर ने अपने ऊपर स्वेच्छा से लागू किए, यहूदियों के प्राचीन दस आदेशों के समान हैं और इनका सार है केवल एक शब्द-प्रेम। वास्तव में प्रेम वैवाह और नैतिक विधान-दोनों की परिपूर्णता का दूसरा नाम है।

हर स्त्री का दिल गुप्त स्याही के द्वारा लिखे हुए पृष्ठ के समान है। वह देखने में कोरा नज़र आता है, परन्तु उसे पर्याप्त गर्म कीजिए, और आप उसपर एक पूरा प्रेम-पत्र लिखा हुआ पाएंगे।

श्रीमती पी.टी. बर्नम ने कहा थाः "औसत दर्जे की स्त्री की अपने पति से काफी खटपट इसलिए होती है कि वह यह नहीं समझ पाती कि

उसके पति के बहुत-से ऐसे विचार, मनः स्थितियां और भावनाएं भी होती हैं, जिनमें वह स्त्री रत्ती भर भाग भी नहीं ले सकती। यदि पत्नियां इस बात को समझ पातीं और स्वीकार कर पातीं तो वे कितनी ही बेचैनियों से बच पातीं! एक अच्छे पुरुष के जीवन का बड़ा और बेहतर हिस्सा प्रेम ही होता है, परन्तु प्रेम ही उसका समूचा जीवन नहीं है। इसके विपरीत, यह एक दुर्भाग्यपूर्ण सचाई है कि पत्नी के लिए प्रेम ही-वह प्रेम, जो वह अपने पति से करती है-उसका सम्पूर्ण अस्तित्व है। उस प्रेम से वह अपने को थोड़े से थोड़े समय के लिए भी, तनिक-सा भी अलग नहीं कर सकती। वह उसके हर विचार में रंग भर देता है और हर क्रिया को प्रभावित करता है। पुरुष ऐसे तत्व से बने हुए नहीं होते; और ऐसी घड़ियां भी आती हैं, जब अपनी पत्नी से सर्वाधिक प्यार करने वाला पति भी अपनी प्रियतमा के अस्तित्व से ऐसे अप्रभावित रहता है, मानो उसके पत्नी कभी थी ही नहीं। यह विश्वासघात नहीं है, क्योंकि ऐसा आचरण उसके अनजाने में हो जाता है; और वह स्त्री अभागी है, जो पुरुष की विचारधारा के इस पक्ष को विश्वासघात समझ बैठती है-वह अपने पति को ऐसी भर्सना से उकता देती है, जिसका वह पात्र नहीं है और उसकी इस प्रतिक्रिया को वह समझ भी नहीं सकता। ऐसा समय भी आता है, जब पति मौन हो और उसका ध्यान कहीं और लगा हो; परन्तु इसका यह अर्थ नहीं है कि वह अपनी पत्नी की अवहेलना कर रहा है या उसका मन पत्नी की ओर से भर गया है। वह निराश हो सकता है, पर फिर भी यह अनुभूति बिलकुल न होगी कि उसका विवाह असफल रहा है। वह हुज्जती और चिड़चिड़े स्वभाव वाला हो सकता है और फिर भी अपनी पत्नी के प्रति ज़रा-सी भी चिढ़ उसे नहीं होगी। मैं न तो पुरुषों को अपनी पत्नियों के प्रति मधुर व्यवहार करने के कर्त्तव्य से छुट्टी दे रही हूं और न ही वैवाहिक सुख-सुविधाओं की कमी के लिए उन्हें निर्दोष सिद्ध कर रही हूं। मैं तो आपके भले के लिए ही आपको विश्वास दिला रही हूं कि पूर्वोक्त बातें बहुधा वे बाहरी लक्षण हैं, और इस असंगति को अपने पैदा नहीं किया है, अतः बुद्धिमत्ता इसीमें है कि इसके बारे में आप दुःखी न हों।"

यदि हमारे घरों में रसोई एक कलाकार के स्टूडियो के समान होती तो हम बैठक में कला की उच्चतर शैली देख पाते। दिन-भर काम करने

के लिए सबसे खराब तैयारी है-घटिया नाश्ता और दिन भर के काम को सबसे बुरा कुरूपतम पुरस्कार है-रात्रि का अरुचिकर भोजन।

मेरा विश्वास है कि यह क़ानून की एक अच्छी व्यवस्था होगी कि रसोई बनाने का ज्ञान और अनुभव लिए बिना किसी लड़की को विवाह करने की अनुमति न दी जाए।

"नाश्ते के लिए साफ़-सुथरे ढंग से, ठीक से, पकाए हुए आहार में भी काफी कुछ घरेलू प्रसन्नता निहित है। जो स्त्री सही ढंग से अच्छा खाना पका सकती है, वह पाक-विद्या में अकुशल बीस स्त्रियों से भी अधिक प्रसन्नता प्रदान करती है।"

यदि पत्नी अपने घर को चमचमाता हुए और सुखी नहीं बना सकती-जिससे कि वह सबसे अधिक स्वच्छ, मधुर, प्रसन्नता से भर उठे, जिसमें कि उसका चैन पा सके-तो उस बेचारे पुरुष की ईश्वर ही रक्षा करे, क्योंकि वास्तव में वह घर में होते हुए भी 'बेघर' है।

पुरुष अपने परिवार के लिए बहुत कुछ त्याग करते हैं। अपना समय, अपनी शक्ति, अपने अनुभव-वे अपने घर की खातिर हर वस्तु खुले दिल से लुटा देते हैं; और घर वालों को भी अपने असीम प्रेम द्वारा उनके प्रति अपना कर्तव्य पूरा करना चाहिए।

विवाह के विषय में थियोडोर पार्कर का कहना है: "पुरुष और स्त्रियां, और विशेषकर युवा व्यक्ति, नहीं जानते कि दो हृदयों का पूर्णरूप से संयोग होने में सालों लग जाते हैं, भले ही वे परस्पर गहरा प्रेम करने वाले भी क्यों न हों। इसका कारण यह है कि प्रकृति के नियमानुसार आकस्मिक परिवर्तन नहीं हो सकता। संयोग धीरे-धीरे होता है। चिरकाल में प्रेमी-प्रेमिका बनने का दूसरा नाम ही है-एक सुखी विवाह।

पत्नी के साथ कैसा व्यवहार करना चाहिए?-इस विषय पर किसी ने यह नेक सलाह दी है: "पहली, पत्नी को प्राप्त करिए; दूसरी, धीरज रखिए। दुनिया के साथ निपटने में आपको कड़ी परीक्षाओं और उलझनों का सामना करना पड़ता होगा, परन्तु इस कारण त्योरियों से भरा हुआ परेशान चेहरा लेकर घर मत लौटिए। हो सकता है कि आपकी पत्नी को भी बहुत-सी अड़चनों का समाना करना पड़ता हो! चाहे उसकी कठिनाइयां परिणाम में छोटी रही हों, परन्तु वे सहने में इतनी कठिन हो सकती हैं।

जितनी कि आपकी कठिनाइयां। सहानुभूतिपूर्ण और सांत्वनादायक एक शब्द, प्यार-भरी एक नज़र उसकी भौंहों से उदासी के बादलों को दूर भगाने में जादू का काम कर सकती है।"

आपके जीवन-संघर्ष का क्षेत्र खुले वातावरण में है जबकि आपकी पत्नी आम तौर पर सुबह से लेकर रात तक अपने कमरे में बंद रहती है–जहां पर धीरे-धीरे उसकी सेहत गिर जाती है और उत्साह कम हो जाता है।

"आपके आराम को बढ़ाने के लिए वह जो काम करती है, उन्हें हमदर्दी से देखिए। यह सोचकर कि यह तो उसका काम ही है, उसके इन प्रयासों को नज़रअंदाज़ मत कीजिए। उसके इस परिश्रम को सहानुभूति से देखना इसलिए भी जरूरी हो जाता है कि जब वह आपके प्रति अपने कर्त्तव्य-कर्म में कहीं चूकी है तो आप उस भूल-चूक को कभी नज़रअंदाज नहीं करते।"

उसके सच्चे प्यार की अवहेलना मत कीजिए; और सर्वोपरि, उसकी इच्छाओं को मान लेने में यह मत समझिए कि ऐसा करना एक "पुरुष के लिए अपमानजनक और अशोभनीय कार्य है। उसकी इच्छाएं उतनी ही प्रबल हैं जितनी कि आपकी। आप तो उन एक हजार और एक छोटी-छोटी बातों को देखते तक नहीं, जिनके लिए वह आपके घुटने टेक देती है। यह इतना कठिन कार्य है, जिसकी आप कल्पना भी नहीं कर सकते। क्या आपने कभी इसके बारे में सोचा है? यदि नहीं, तो कभी ऐसा सोचकर देखिए।

अपनी पत्नी से ऐसा व्यवहार मत कीजिए कि वह यह सोचने लगे कि आप उसे प्यार नहीं करते। इस बात की बहुत अधिक संभावना है कि आपके उत्साहहीन और अवहेलनापूर्ण रवैये से वह यह मानने की गलती कर बैठे कि आप उससे प्रेम नहीं करते। पुरुष बनिए, ताकि वह आपका सम्मान करने लगे, सदा आप पर निर्भर रह सकने का विश्वास करने लगे और आपपर भरोसा करने में अपने को सुरक्षित अनुभव करने लगे।

एक विद्वान का कहना है: मुझे बड़ी खुशी होगी यदि अधिकांश माता-पिता इस बात को समझने लगें कि जब वे घर और आंगन-द्वार को सुधारने के लिए विवेक के साथ धन खर्चते हैं, तब वास्तव में वे अपने बच्चों को इस बात का प्रलोभन देते हैं कि वे जितना अधिक से अधिक

सम्भव हो, उतना घर पर ही रहें और सुधरे हुए घर का आनन्द लूटें; परन्तु जब वे अपने बच्चों के लिए, बिना आवश्यकता के, बढ़िया कपड़ों और आभूषणों पर धन व्यय करते हैं तो समझ लीजिए कि वे अपने बच्चों को इस बात के लिए उकसा रहे हैं कि वे अपना समय घर से बाहर, दूर व्यतीत करें-जहां वे दूसरों का ध्यान अपनी ओर आकृष्ट कर सकें तथा आत्म-प्रदर्शन कर सकें।

आइए, हम माता की सेवा-भावना का यशोगान करें, उसके प्रेम की निश्छल और उसकी सहिष्णुता से सीखकर जीवन में नया अध्याय शुरू करें! लांगफेलो के इस वाक्य को हम सदा याद रखें:

"घर की देखभाल में पले व्यक्ति ही सबसे सुखी इन्सान हैं।"

●●●